전후의 전장, 혹은 세계가 시작되는 성전 4

"누구 없어요……?
내 편이 되어줄
사람은 없나요……."

|스벨 루 네뷸리스 9세
isbell Lou Nebulis IX

|뷸리스 황청의 제3왕녀. 과거에 일어난 사건을
|상으로 재생하는 「등불」의 성령을 지녔으며,
|소에는 성 안의 자기 방에 틀어박혀 있다.

"동생과 차분하게
대화해볼 좋은 기회가
왔다고 생각했는데,
분위기가 심상치 않네."

앨리스리제 루 네뷸리스 9세
Aliceliese Lou Nebulis IX
네뷸리스 황청의 제2왕녀. 여동생 시스벨의
기묘한 동향을 살펴보기 위해, 원정을 떠난
여동생을 쫓아갔는데⋯⋯.

"내 수영복 어때?
예뻐 보여?"

미스미스 클라스
Mismis Klass
제국군 기구 Ⅲ사 제907부대 소대장.
볼텍스에 빠졌을 때 성령이 몸속에
들어와 마녀로 변했다.

독립국가 알사미라
Independent State Alsamira
대륙 동부에 펼쳐진 사막의 오아시스에
있는 소국. 아름다운 해변을 보유한 관광지.
제국과 황청 중 어디에도 속하지 않았으며
또 중립을 표명하지도 않았다.

the War ends the world / raises the world

"네놈의 그 빛은····
네 안에는 도대체
뭐가 숨겨져 있는 거냐?"

물결치듯이 하늘을 향해
타오르는 불꽃과, 거기서 생겨나는
수천만이나 되는 불티.
시스벨이 화염의 벽을 우러러보며
몸을 부르르 떨었다.

이스카
Iska

제국군 제907부대 대원. 과거에 사도성
이었던 소년 검사. 그 사도성 지위를 박
탈당하는 원인을 제공했던 마녀와 알사
미라에서 재회한다.

너와 나의 최후의 전장, 혹은 세계가 시작되는 성전 4

the War ends the world /
raises the world

성전 4

사자네 케이 지음

한수진 옮김

커버 그림, 본문 일러스트 | 네코나베 아오

너와 나의 최후의 전장, 혹은 세계가 시작되는 성전 4

the War ends the world /
raises the world

So Se lu, Ez shela noi xel.
별에 소원을.

corna, soo, vayne, loar, lue, flow. Ahw neo evoia faite ria xel.
불도 물도, 흙도 바람도, 소리도 빛도, 모두 다 별을 꾸미는 제전이 되리라.

Sew sia lukia Sec kamyu. Sera lu E lukia Ses qelno.
당신에게 나의 과거를 보여줄게. 그러니 나에게 미래를 보여줘.

the War ends the world / raises the world

CONTENTS

Prologue	⋯⋯⋯⋯	009	『기억』
Chapter.1	⋯⋯⋯⋯	013	『바캉스를 떠나자』
Chapter.2	⋯⋯⋯⋯	063	『낙원과 마녀와 모르는 척』
Chapter.3	⋯⋯⋯⋯	087	『별에 소원을 비는 마녀 시스벨』
Intermission	⋯⋯⋯⋯	109	『세 자매』
Chapter.4	⋯⋯⋯⋯	143	『제907부대』
Chapter.5	⋯⋯⋯⋯	213	『마녀사냥 처형 집행체』
Intermission	⋯⋯⋯⋯	275	『힘의 대가』
Epilogue	⋯⋯⋯⋯	283	『누구의 것인가?』
Continued	⋯⋯⋯⋯	295	『Elletear』
		298	후기

Prologue
『기억』

the War ends the world /
raises the world

"『사도성』이스카."

"마녀의 탈옥을 도운 국가 반역죄로 인해 체포. 종신금고형 선고."

1년 전——.

세계 최대 국가 「제국」에 붙잡혀 있던 한 마녀가 어느 제국 검사의 도움을 받아 탈출하는 사건이 발생했다.

그때 마녀의 나이는 열네 살. 아직 앳되고 사랑스러운 소녀였다.

그러나 제국은 결코 마녀에게 자비를 베풀지 않는다.

——가차 없이 처벌한다.

그렇게 되기 전날 밤, 어린 마녀는 구조되었다. 얼마나 무서운 폭력이 가해질지 몰라 두려움에 떨면서 뜬눈으로 밤을 새우던 그 순간에.

"쉿, 가만히 있어. 지금 거기서 꺼내줄게."

"어째서? 나를…… 도망치게 해주는 거야……?"

왜 제국의 병사가 마녀를 도와주는 걸까. 무슨 이득이 있다고? 이것도 제국의 함정일까?

마녀는 아무것도 모르는 채 상대가 시키는 대로 도망쳤다.

여기서 쓰러질 수는 없었다.

위대한 어머니의 뒤를 잇는다. 그것이 자신의 목표니까. 지푸라기라도 잡는 심정으로 제국령에서 탈출해서 죽을힘을 다해 고향인 네뷸리스 황청으로 돌아왔다.

그러나.

그곳에서 마녀의 가슴에 차오른 감정은 희망이 아니라 새로운 고독감이었다.

……그랬다.

……이 나라로 돌아와도 내 편을 들어줄 사람은 하나도 없었다.

포로로서 느꼈던 공포감이 겨우 가라앉자 그런 생각이 떠올랐다.

"……아니에요!"

반쯤 절망에 빠졌으면서도 어린 마녀는 입술을 꽉 깨물고 계속해서 달렸다.

왕궁으로.

자신의 집인 동시에 가장 사악한 「배신자들」이 숨어 있는 마의 소굴로.

"배신자에게 이 나라를 넘겨주지는 않을 거예요. 내가 어마마마의 뒤를 이어 여왕이 될 겁니다. 그렇죠? 시스벨!"

왕위 계승권자 중 하나──.

제3왕녀 시스벨 루 네뷸리스 9세는 그로부터 며칠 후, 자신을 탈출시켜준 제국 병사 이스카의 이름을 알게 된다.

　그리고 현재.
　별의 장난이라고 할 만한 운명은 또다시 마녀와 검사를 숙명의 끈으로 이어주었다.

Chapter.1
『바캉스를 떠나자』

the War ends the world /
raises the world

1

"이스카 군, 이리 와! 빨리!"

"미, 미스미스 대장님, 잠깐만요!! 전 그냥 저쪽에서 기다릴게요. 네네와 둘이서 구경하고 오세요!"

"에이~ 왜 그래? 괜찮아, 여자의 쇼핑에 동행하는 거잖아. 같이 가자, 재미있을 거야."

"하나도 안 재미있어요!!"

제도 융메룽겐.

세계 최대 국가인 「제국」의 수도이자, 이 지상에서 가장 강대한 군사력으로 보호되고 있는 강철 도시. 이곳의 상업지구에 세워진 쇼핑몰에서——.

이스카는 미스미스 대장에게 붙잡혀서 복도를 따라 질질 끌려가고 있었다.

"부끄러워하지 말라니까. 평범한 옷 쇼핑인데 왜 그래? 이스카 군, 너무 유난스럽다."

"……아니, 됐어요. 전 사양할래요."

그러나 미스미스 대장님은 그를 놔줄 마음이 전혀 없는지 계속해서 끌고 갔다.

이스카——흑갈색 머리카락을 지닌 열일곱 살 소년.

제국군 인류 방위기구 소속. 이름 그대로 적국인「네뷸리스 황청」의 마녀들과 맞서 싸우면서 제국의 백성들을 보호하는 것이 그들의 사명이었다.

분명히 그럴 텐데.

어째서인지 현재 그들은 쇼핑몰에 와 있었다.

"이스카 군, 지금 내 몸과 마음은 바캉스를 갈구하고 있어!"

조그만 여대장이 이쪽을 휙 돌아보면서 주먹을 불끈 쥐었다.

대장 미스미스 클라스.

이스카보다 머리 하나 이상이나 작은 키. 앳되고 순수한 얼굴. 겉모습은 진짜 어린아이처럼 보였지만 이래 봬도 스물두 살 된 성인 여성이었다.

"우리는 목숨 걸고 싸우고 있잖아? 하지만 때로는 사명을 잊어버리고 푹 쉬면서 마음의 안정을 얻어야 해. 그렇지?"

"네, 그렇죠."

"그렇다면! 휴가 기간에 부하가 대장님을 모시는 것은 당연한 일이잖아?!"

"제 휴가는요?! 저도 사명을 잊어버리고 편히 쉬고 싶은데요?"

"어휴~ 이스카 군, 넌 아직 어린애구나? 사회인은 자기 입장을 잊어버리면 안 돼. 휴가 기간에도 이스카 군은 내 부하야. 알

앗어?"

의기양양하게 웃으며 이스카를 쳐다보는 미스미스.

대장 말마따나 현재 그들은 장기 휴가 중이었다. 휴가 기간은 무려 60일. 이스카도 이렇게 긴 휴가를 받은 것은 이번이 처음이었다.

"이스카 군, 빨리 가자. 네네가 기다리고 있잖아?"

"…………."

"나도 이런 옷은 오랜만에 입어봐. 아, 신난다. 어떤 스타일을 살까? 이스카 군, 네 생각은 어때?"

"……전 몰라요. 곤란한 질문 하지 마세요."

이스카는 조그맣게 대꾸하고 부끄러운지 고개를 푹 숙였다.

주변에는 여자 손님들밖에 없었다. 아직 어린 소년이긴 해도 남자가 이곳에 들어와 있으니 저절로 눈에 띄었다. 주위의 따가운 시선이 느껴졌다.

"와, 이스카 군, 이거 봐. 이 수영복, 무지 대담하다. 옷이 아니라 끈이네?!"

여성 수영복 코너.

그곳에 빽빽이 들어차 있는 수영복. 미스미스가 신나게 그것을 가리키면서 말을 걸었지만, 이스카는 고개조차 들 수 없었다.

주위에 있는 여자 손님들의 시선이 너무 따가웠다.

매장 안에 남자는 이스카 하나밖에 없었다. "뭐야? 저 녀석, 여자 수영복 매장에는 뭐 하러 들어온 거야?"라는 그들의 마음의 소리가 들려오는 것 같았다.

"이스카 군도 처음에는 기분 좋게 승낙했었잖아? 이제 와서 왜 그래?"

"아니, 그때는 옷 사러 간다는 이야기만 들었으니까요. 설마 그 옷이 수영복일 줄은……."

"후후, 왜 이래. 내숭 떨긴~."

직장 상사가 이번에는 성숙한 매력의 결정체인 표범 무늬 수영복을 붙잡더니. 그것을 일부러 이스카에게 보여주려는 듯이 확 들어 올렸다.

"이스카 군, 그냥 솔직히 말해도 돼."

"……뭐라고요?"

"대장님이 수영복 입은 모습을 볼 수 있다니, 부하로서 참으로 행복합니다! 하고."

"아니거든요?"

"저기, 있잖아. 이 끈이랑 표범 무늬 중에서 뭐가 더 마음에 들어? 아, 둘 다 좋아? 이스카 군, 의외로 대담하네? 후후, 그러면 이 누님이 난처해지잖아."

"……대장님께서 참 즐거워 보이셔서 다행이네요."

기분 좋게 수영복을 구경하는 대장님 옆에서 이스카는 깊디깊은 한숨을 내쉬었다.

내가 왜 이런 곳에 와 있을까.

기구 사령부가 장기 휴가를 **명령한다**는 것 자체가 이례적인 일이었다.

그러나──.

어쨌든 분명한 사실이 하나 있었다. 이 바캉스를 이용해 미스미스 대장이 한시라도 빨리 제도에서 탈출해야 한다는 것.

현재 미스미스는 제국의 적이다.

제국에 재앙을 가져오는 마녀이므로.

사건의 발단은 열흘 전──.

빙화의 마녀 앨리스의 포로가 되었던 이스카가 마녀의 낙원에서 탈출하여 제국으로 귀환한 직후였다.

2

단일 요새 영역 「천제국」. 통칭 제국.

「기계로 된 이상향」이라고 추앙받는 이 나라는 고도의 기계 기술로 병기를 개발한 덕분에 세계 최고의 군사력을 보유하게 되었다.

이 군비 강화의 목적은 무엇인가. 전쟁인가?

그렇게 묻는다면, 제국 사령부는 망설임 없이 「아니다」라고 대답할 것이다.

──세계 정화.

마녀와 마인을 섬멸하기 위해. 다시 말해 세계 인류를 수호하기 위해. 그런 목적으로 제국군은 나날이 증강되어 간다.

그리고 그 중심인 제도의 군사 구역 관문에서.

"피험자 이스카."

"내과의의 신체 검사. 감염증 검사. 정신과의의 정신 감정 결과
——이상 없음."

군용 메디컬 센터 검사실.

취익~ 하고 공기 빠지는 소리가 났다. 기밀 공간이었던 방의
문이 열렸다.

『검사가 종료됐습니다. 밖으로 나가십시오.』

천장에서 들려오는 여자 목소리.

억양 없는 목소리였다. 마치 기계가 인간의 음성을 빌려 말하
는 것 같았다.

『수고하셨습니다. 지금부터 제도 출입을 허가합니다.』

"……검사 결과 보고는?"

『이미 이 센터에서 사령부에 통지했습니다.』

너에게는 보고 내용을 들을 권한조차 없다.

은근히 그런 배타적인 메시지가 느껴졌다. 이스카는 쓴웃음을
지으며 고개를 끄덕였다.

"나 말고 다른 사람들은?"

『부대장 미스미스 외 두 명. 전원 검사 결과에 이상은 없었습니
다. 센터 1층 입구의 홀에서 합류하시길 바랍니다.』

"알았어. ……고마워."

진료용 백의를 벗고, 친숙한 제국 전투복을 입었다.

안내 방송의 지시대로 1층 홀로 가봤더니 낯익은 사람들 세 명이 거기서 이스카를 기다리고 있었다.

"앗, 이스카 오빠 왔다! 괜찮았나 봐!"

네네가 제일 먼저 소리를 질렀다.

이스카를 발견하자마자 네네는 포니테일 스타일로 묶은 풍성한 빨간 머리카락을 휘날리면서 이쪽으로 신나게 뛰어왔다. 부대의 통신사이자, 열다섯 살이라는 어린 나이인데도 일류 기계 기술자가 된 재녀(才女)였다.

"검사 괜찮았지? 아무것도 안 걸렸지?"

"응."

"휴~ 다행이다."

네네가 안도의 한숨을 쉬었다.

너무 호들갑스러워 보일지도 모르지만, 실은 검사가 끝날 때까지는 이스카 본인도 내심 불안에 떨고 있었다.

……황청의 포로가 되었던 제국 병사가 생환해도.

……제국 사령부 입장에서는 정말로 그가 「무사히」 돌아온 건지 의심하는 게 당연했다.

마녀의 낙원으로서 공포의 대상이 되어온 네뷸리스 황청.

며칠 전까지 이스카는 그곳에서 포로로 지내고 있었다.

"내가 이놈을 쓰러뜨릴게."

"그 대신 교환조건이 있어. 나와 내 동료들이 국경을 통과할 때까지는 절대로 방해하지 말아줘."

황청 국경을 지나 중립도시들 몇 개를 경유해서 제국군 발착 기지에 도착한 뒤, 거기서 수송기를 타고 여덟 시간 전에 마침내 귀환했다.

이제 겨우 사건이 일단락됐나?

그런 줄 알았는데, 기구 사령부가 보디체크라는 이름의 신체검사를 받으라고 명령했다.

"네네, 너는 어떤 검사를 받았어?"

"어~ 역시 이것에 관한 검사였어. 얼룩이 어떻게 변했는지 살펴보던데?"

손목시계를 보는 것처럼 손을 쑥 내미는 네네. 그 손등에는 희미하게 깜빡깜빡 빛나는 붉은 얼룩이 자리 잡고 있었다.

──성문(星紋).

성령에 빙의된 마녀의 증거. 이것이 진짜 성문이라면 네네는 즉시 체포됐을 것이다.

"네네, 너의 성문은 좀 연해졌어?"

"응. 리샤 씨도 길어봤자 일주일이 한계일 거라고 했었어."

네네의 성문은 가짜였다.

인공적인 선탠 같은 것. 강력한 성령 에너지를 조사(照射)해서 피부 표면에만 성문을 새겨 넣은 것이었다.

……성령 에너지를 조사했을 뿐이지, 원흉인 성령 자체를 몸속에 집어넣는 것은 아니다.

……그러니까 마녀는 되지 않는다. 그런 논리인가.

이스카도 그 이치는 어렴풋이나마 이해했지만, 그걸 실행시킨 기술이 무엇인지는 상상조차 하지 못했다.

"진, 너는?"

"내 성문은 아직 변하지 않았어. 개인차가 있나 봐."

홀 대기석에서 느긋하게 등받이에 기대어 앉아 있는 저격수 진.

그는 이스카보다 한 살 많은 열여덟 살이었다.

깔끔하게 세운 은발 머리와 예리한 회색 눈동자와 날카로운 외모를 지닌 청년. 회색 전투복을 입고, 저격총이 든 트렁크 케이스를 옆에 놔두고 있었다.

신발로 가려서 안 보이긴 했지만 그의 발목에서도 인공 성문이 빛나고 있을 것이다.

"나는 신발로 가려지니까 괜찮은데, 네네, 너는 장갑이라도 껴서 가려. 우리의 특무에 관해 모르는 병사가 보면 소란을 피울 수도 있으니까."

"으, 응. 알았어."

"우리들처럼 『성령 시술』을 받은 부대는 총 열두 부대. 51명이다. 제국군의 99퍼센트 이상은 이번 특무에 관해 아무것도 몰라."

"너희 네 사람은 네뷸리스 황청에 침입할 거야."

"특무의 정체는 『황청 침입』. 그리고 현재의 네뷸리스 여왕을 포획하는 것."

사도성 리샤가 그들에게 명한 작전──.

그것은 이 인공적인 성문으로 황청의 국경 검문소를 돌파해서 네뷸리스 여왕을 포획한다는 극비 임무였다.

……우리 부대는 귀환했지만.

……나머지 열한 부대는 지금도 황청의 각 주에 숨어들어 기회를 엿보고 있을 것이다.

대부분의 제국 병사들은 특무의 존재 자체를 모른다.

그러므로 진과 네네의 몸에 생겨난 성문은 남에게 함부로 보여주면 안 된다.

"이스카. 그러는 너는 어때?"

"어, 나?"

"검사하는 데 제일 시간이 오래 걸렸잖아. 우리보다 더 꼼꼼하게 검사당한 거 아냐?"

"나도 그냥 상식적인 검사만 받았어. 맨 처음에 내과의와 정신과의의 진찰을 받았고, 그다음에는 황청의 유행병에 걸리지 않았나 하는 감염증 확인 과정을 거쳤고, 혹시 몸속에 삽입된 물건이 있나 하고 X선 사진 촬영을 했어."

포로가 되었던 제국 병사가 귀환했다.

그것은 제국으로선 꼭 환영할 만한 일은 아니었다. 귀환한 병사가 마녀의 부하로「개조」되었을 가능성도 있으니까.

"그리고 성령 에너지 진단도 받았어."

"어, 정말? 이스카 오빠는 우리와는 달리 인공 성문을 만들지도 않았는데? 오빠한테서 성령 에너지가 나올 리 없잖아?"

"세뇌 타입의 성령술이 있거든. 아주 희귀하지만."

　마음을 조종하는 성령——.

　네뷸리스 황청은 마녀의 나라다. 포로 생활 도중에 인간의 마음을 조종하는 성령에 의해 꼭두각시가 되었을 가능성이 있으므로. 그것도 진단을 통해 확인했다.

"덤으로 고문이나 심문을 당하지 않았냐는 질문도 많이 받았어."

"그래서 오빠는 뭐라고 대답했어?"

"너희들에게 말했던 것과 똑같이 대답했지. 수면제를 먹고 잠든 채 운반되어서, 깨어날 때까지 아무 일도 당하지 않았다고."

　반은 사실이고 반은 거짓이었다.

　고문도 협박도 당하지 않았다. 그건 사실이었다. 수갑을 차긴 했어도 이스카는 내내 호텔 최상층에 있는 스위트룸의 좋은 환경에서 지내왔다.

　적국의 왕녀 앨리스와 함께——.

"너는 내가 직접 감시할 테니 영광으로 알아. 알았지?"

이스카의 증언에 거짓이 하나 섞여 있다면.

고문도 심문도 당하지 않았지만, 「아무 일도 없었던 것은 아니다」란 점이다.

제국 사령부도 아마 상상조차 못 했을 것이다. 그 유명한 빙화의 마녀 앨리스와 제국 병사 이스카가 서로 전장에서 만나 알고 지내는 사이라는 것을.

……솔직히 말해봤자 아무도 믿어주지 않을 테고.

……쓸데없이 말했다가는 오히려 황청의 스파이라고 의심받을 것이다.

안 그래도 이스카는 1년 전에 마녀 탈옥 사건을 일으켜서 사도성의 지위까지 박탈당하고 말았다.

진과 네네에게도 그걸 비밀로 한다는 것이 좀 마음에 걸렸지만 어쩔 수 없었다. 이스카가 그 이야기를 했다가는 부대 동료들까지 공모자 취급을 당할 수도 있으니까.

실은 그뿐만 아니라.

"……저기…… 이제 그만 옷을. 최소한 속옷만이라도 입어주지 않을래?"

"꺄악?! 이, 이스카! 너 정말 파렴치하구나! 어딜 그렇게 뚫어져라 보는 거야?!"

"앨리스, 네가 스스로 보여준 거잖아?!"

아니야. 그만하자.

목욕을 마치고 알몸으로 나타난 소녀의 나신은 사춘기 소년에게는 지나치게 자극적인 것이었다. 다시 떠올리기만 해도 얼굴이 빨개졌다.

……안 돼, 잊어버리자. 잊어야 해. 잊어버리지 않으면.

……내가 잠을 못 잔다.

"이스카 오빠? 왜 그래, 얼굴이 빨개졌네?"

"아, 아니야. 괜찮아! ……저기, 그보다 아까부터 신경 쓰이는 게 있는데."

진의 등 뒤.

대기석에 누워 있는 푸른 머리 소녀의 모습이 눈에 띄었다. 아 참, 소녀가 아니지. 어린아이 취급하면 본인이 화낸다.

동그랗게 몸을 말고 누워 있는 모습은 아무리 봐도 귀여운 어린아이처럼 보였지만. 저래 봬도 어엿한 성인 여성이다.

"미스미스 대장님, 뭐 하세요?"

"…………."

"대장님?"

"보스는 현실 도피 중이야."

진이 대신 대답하더니 뒷자리를 돌아봤다. 왼쪽 어깨를 숨기는 자세로 누워 있는 여대장. 진은 턱짓으로 대장을 가리키며 말했다.

"이봐, 보스. 일어나. 성문 재검사 정도는 별것 아니잖아. 괜찮아, 아직 유예 기간이 일주일이나 있으니까."

"꺄아아아악?! 안 돼, 그런 말 하지 마!"

대장이 용수철 인형처럼 벌떡 일어났다.

"이스카 군, 이스카 군, 자, 이제는 네 차례야. 내가 목숨 걸고 황청으로 돌격해서 너를 구해줬잖아? 이번에는 이스카 군이 나를 구해줄 차례야!"

"대장님, 진정하세요. 왜 그래요? 검사 결과가 뭔가 이상했나요?"

아니, 하지만 좀 전에 들은 안내 방송에 의하면 네 명 다『이상 없음』이었을 텐데?

"이상은 없어. 다만 네네와 대장님과 진 오빠는 재검사를 받아야 해."

"어? 왜?"

"아직 우리의 성문이 사라지지 않았으니까."

네네가 매력 포인트인 포니테일을 쓰다듬으며 말을 이었다.

"성문이 사라질 때까지는 검사 대상이래. 그래서 일주일 후에 재검사를 하기로 했어."

"……그랬구나."

햇볕에 탄 피부가 단시간 내에 원래대로 돌아가는 것과 마찬가지로.

현재의 기술력에 의해 생성된 인공 성문의 수명은 길어 봤자 일주일. 그 기간을 넘기면 성령 에너지가 피부에서 떨어져 나와 사라져버린다고 한다.

"나와 네네의 얼룩은 일주일 후에는 틀림없이 사라질 거야. 그것만 확인되면 재검사는 끝나는 거지. 문제는 보스의 성문인데――."

"아아악, 진 군, 그만하라니까?!"

미스미스 대장이 진의 말을 막으려고 그의 등을 와락 끌어안았다.

"혹시라도 누가 들으면……."

"애초에 말할 생각도 없었어. 이런 시설 안에서 말할 리가 없잖아."

진도 조그맣게 대답했다.

――절대로 말할 수 없다.

진이나 네네의 성문과는 달리 미스미스 대장의 왼쪽 어깨에 박힌 성문은 「진짜」다.

마녀화(魔女化).

성령 에너지 분출구인 볼텍스(성맥 분출천)에 빠진 결과, 미스미스 대장은 성령에 빙의되고 말았다.

……네네와 진의 성문은 사라져도, 미스미스 대장의 성문은 남아 있을 것이다.

……즉, 일주일 후 재검사를 받으면 「진짜」라는 사실이 밝혀진다.

성문을 눈에 안 보이게 하는 것은 쉬운 일이다.

살색 밴드로 성문을 덮어버리면 되니까. 의료용 테이핑처럼 피부의 상처를 교묘하게 가리는 아이템도 있다.

"문제는 그 얼룩에서 흘러나오는 성령 에너지야. 이것만은 밴드로도 숨길 수 없어. 검출기를 가까이 가져가면 순식간에 들통

나니까."

"……어, 어쩌지?"

"보스, 진정해. 특무를 수행하기 전과 똑같은 상황이잖아. 어차피 성문 대책은 세워야 했었어. 그 기한이 일주일로 명시되었을 뿐이야."

"……만약 숨기는 데 실패하면?"

"걱정하지 마."

머뭇머뭇 진을 쳐다보는 조그만 여대장. 그 간절한 눈빛을 본 은발 저격수는 망설임 없이 고개를 끄덕이며 대꾸했다.

"붙잡히기 전에 제도에서 탈출하면 되잖아. 도주 경로는 조사해둘게."

"진 군, 농담하지 말고 진지하게 고민해줘!!"

"난 진지해. 보스, 큰 소리로 떠들지 마. 혹시 누가 듣기라도 하면——어?"

또각또각…… 하고 딱딱한 구두 소리가 울려 퍼졌다.

메디컬 센터 입구에 두 여자가 나타났다. 한 명은 제국군 전투복, 나머지 한 명은 검은색 사무복을 입고 있었다.

"법규 위반입니다. 리샤. 이번 일은 제국 의회에 보고할 겁니다."

"아이~ 그러게~ 미안하다고 했잖아? 미카칭. 내가 잘못했다니까, 응? 응?"

"제 이름은 미카엘라입니다. 근무 중에는 정식 이름을 불러 달라고 했잖습니까."

"기구 사령부 통괄 의료팀 상위 군의관 미카칭."

"제 직위를 정식으로 불러 달라고 한 적 없습니다. 이름을 제대로 불러 달라는 겁니다. 아무튼 꾸물대지 말고 빨리 걸으세요."

"아, 아야!"

사무복을 입은 조그만 여성이 키 큰 여성을 억지로 끌고 갔다. 한 명은 이스카가 아는 인물. 나머지 한 명은 처음 보는 사람이었다.

"아, 리샤!"

"어, 안녕…… 미스미스. 건강해 보이네. 다행이다."

여자 사도성은 어깨를 축 늘어뜨린 채 한 손을 들어 인사했다.

——리샤 인 엠파이어.

영리해 보이는 단정한 외모. 지적인 검은 테 안경이 잘 어울렸다.

키가 커서 그런지 평범한 전투복을 입어도 「모델」같이 멋있었다. 그런데 이 인물이 이런 제도의 변두리에 나타나다니? 이스카는 깜짝 놀랐다.

사도성 서열 제5위.

천제 직속 무관(武官)인 리샤는 임무를 수행할 때만 제외하고는 언제나 천제의 곁을 떠나지 않는다. 보통은 이런 제국 변두리가 아니라 제도에 있어야 할 텐데.

"리샤, 어쩐 일이야?"

"어~…… 그게, 어, 아하하……."

"리샤. 웃어넘기려고 하지 마세요."

리샤의 손을 잡고 그렇게 말한 사람은 사무복 입은 여성이었다.

"제907부대 여러분. 처음 뵙겠습니다. 저는 미카엘라입니다."

예의 바르게 인사하고 나서.

"사령부 통괄 의료팀 소속. 의료법 전문가이며, 코메디컬(의료 종사)팀을 지도하는 것이 저의 주요 임무입니다."

군의관──.

제국군에 소속된 특수 기능병 중 하나로, 의사 면허를 가진 병사이다.

……기구 사령부 소속이라면.

……아마 미스미스 대장보다 더 높은 계급일 것이다.

사령부는 기구 I사부터 Ⅵ사까지를 통괄하는 중추 조직이다. 그곳에 소속되다니, 이 사람은 젊은 나이에 꽤 높은 지위에 올랐구나.

"처, 처음 뵙겠습니다. 저, 그런데, 혹시 저희에게 무슨 문제라도 있나요?"

"네. 심각한 문제입니다."

"네?! 뭐, 뭔데요?!"

설마.

내가 볼텍스에 빠져 마녀로 변했다는 사실을 들킨 건가? 미스미스 대장은 소리 없는 비명을 질렀다. 안색이 창백해졌다.

"리샤가 당신들에게 사과해야 합니다."

"…………네?"

"사령부는 제국 전군의 전투 상황을 관리하고 있습니다. 특히 저의 전문 분야인 의료법은 부상자의 빠른 전선 복귀를 돕기 위하여 한 사람 한 사람에게 최적의 의료 제도를 제안하고 있습니다."

"……어, 네. 그런데요?"

"제907부대의 근무 기록을 봤습니다."

옆구리에 낀 서류철.

미카엘라 의사는 수십 장이나 되는 인쇄지로 된 서류 페이지를 넘기면서 말을 이었다.

"여러분은 모두 초과 근무를 하셨더군요. 군법에 의하면 기구 Ⅲ사의 연속 전투 상한은 원칙상 30일입니다. 특수 유사시에는 45일. 이는 실전뿐만 아니라 동등한 부담을 주는 훈련도 포함된 것인데, 여러분의 경우에는 완벽하게 이 한계를 초과한 것으로——."

"아, 잠깐만. 우리 보스가 이해를 못 하고 있어."

멍하니 입만 벌리고 있는 미스미스. 진이 그 어깨를 두드리면서 말했다.

"간단하게 요약해서 설명해줘."

"『**과로했다**』는 겁니다."

빨간 동그라미로 체크된 종이를 높이 들어 올리는 여의사.

"규칙 위반입니다."

"뭐라고요?! 저, 저기요, 저희는 단지 명령을 받고 파견된 건데요?!"

"네, 맞습니다. 문제는 그런 명령을 내린 상사. 즉, 이 사도성입니다."

옆에서 딴청 부리고 있는 리샤를 가리키는 여의사.

"그렇죠? 리샤."

"……아니, 뭐…… 조금쯤은, 괜찮잖아?"

"뭐가 괜찮다는 거죠?"

"어휴, 미안하다니까! 내가 잘못했어. 그러니까 제발 좀 그만 째려봐!"

리샤는 난감한 듯이 쓴웃음을 지었다.

"하지만 제국의 중대사 때문이었는걸. 어쩔 수 없잖아?"

"아뇨. 우리 제국군에는 우수한 부대가 많이 있습니다. 그런데 굳이 하나의 부대를 이렇게까지 혹사해서 아예 못쓰게 만든다면, 국민들도 크게 비난할 겁니다."

여의사가 리샤의 가슴팍을 서류철로 확 가리키면서 말했다.

"빙화의 마녀라는 무시무시한 괴물과 교전한 직후에 바로 볼텍스 수색 명령을 내리지 않았습니까? 둘 다 순혈종과 싸우는 임무였습니다. 그렇죠?"

"……그, 그런가?"

"두 번 전멸했을 겁니다. 평범한 부대였다면."

서류철 끄트머리로 리샤의 가슴팍을 누르면서 말을 이었다.

"결정타는 이거군요. 특무『네뷸리스 여왕 포획 계획』. 볼텍스 수색을 마친 지 겨우 나흘 만에 제907부대를 네뷸리스 황청 국경으로 파견하셨죠? 고작 두 달도 안 되는 기간 내에 하나의 부대를 엄청나게 위험한 지역으로 세 번이나 파견하다니. 이건 너무

하지 않습니까?"

"…………."

"세 번 전멸한 셈입니다. 희생자가 없어서 소문도 나지 않았지만, 다른 부대가 이 사실을 알게 된다면 사령부의 판단을 의심할 겁니다."

"에이~ 뭐 어때. 안 들키면 되잖아?"

"아뇨, 심.각.한. 문제입니다!"

미카엘라가 눈썹을 곤두세우면서 사도성을 압박했다.

"리샤, 당신은 사도성이고 남들보다 좀 잘났다는 이유만으로 너무 심하게 제멋대로 굴고 있어요. 이것은 사령부의 총의입니다. 도가 지나치면 친구인 저도 더 이상은 묵과할 수 없습니다. 의료법의 권위자인 제가 없으면, **그 약**도 입수하지 못할————."

"미카칭. 이제 그만하자, 응?"

"!"

톡. 여의사의 입술에 닿은 리샤의 손가락.

요염한 손짓이었다. 미카엘라 군의관은 잠시 넋을 잃고 얼굴을 붉혔다.

"자, 여러분. 사정은 이해했지? 미안해~."

여자 사도성은 양손을 맞잡고 미안해하는 척하면서 고개 숙여 사과했다.

"미카칭의 지적을 받고 나도 깜짝 놀랐어. 아~ 진짜, 설마 다들 그렇게 과로했을 줄은 몰랐다니까. 정말 예상치 못한 사실이었어.”

“우와, 리샤, 너무해!!”

사도성의 그 말을 듣고 미스미스 대장이 못 참겠다는 듯이 따지고 들었다.

“어째 자꾸 우리한테 불가능한 일만 시킨다 했더니, 역시 네가 독단적으로 한 짓이었구나! 볼텍스 사건도 그래, 그것 때문에 나는 마녀——.”

“보스.”

“아악?! 아, 아하하하……. 아, 아니야. 그냥 해본 말이야.”

뒤에서 진이 미스미스의 엉덩이를 뻥 걷어차자, 미스미스도 입을 다물었다.

“그, 그럼, 우리는 이제 어떻게 해야 해?”

“규칙대로 하시면 됩니다.”

미카엘라가 다시 태연한 얼굴로 헛기침하면서 이야기했다.

“연속 전투 상한선을 넘었을 경우에는 요양을 위한 특별 휴가가 주어집니다. 여러분은 최소한 60일 동안은 휴가를 보내셔야 합니다.”

“60일?!”

“다시 한 번 말씀드리지만, 리샤가 내린 세 번의 출동 명령은 세 번 전멸해도 이상하지 않을 정도였습니다. 의료팀의 판단에 의하면, 더 이상 연속 전투를 하는 것은 위험합니다.”

서류철에 끼워진 결정 통지서.

미카엘라는 사령부의 사인이 적힌 그 종이를 미스미스 대장에게 넘겨줬다.

"제907부대에게는 60일의 특별 휴가를 명합니다. 이는 사령부의 결의 사항으로, 천제 각하의 칙령을 제외한 다른 모든 명령보다 우선시되는 상위 명령입니다. 상세한 내용은 오늘 내로 통지할 테지만, 지금 궁금한 게 있다면 물어보십시오."

"내가 먼저 질문해도 될까?"

"네."

"명하다니, 그게 무슨 뜻이지? 보통은『휴가를 준다』고 표현할 텐데."

"좋은 질문이군요."

미카엘라 군의관은 고개를 끄덕이더니 옆에 있는 리샤를 보고 의미심장한 미소를 지었다.

"이것은 권리가 아닌 명령입니다.『쉬어도 된다』는 게 아니라『쉬라』고 명령하는 겁니다."

"그렇다면……."

"60일. 이 기간에는 모든 자주적 훈련 및 연습 참가를 금합니다. 이를테면 어디 사는 사도성 씨가『있잖아, 미스미스. 어차피 휴가 받아서 한가하잖아?』라고 말을 거는 경우도 상정할 수 있으니까요."

딴청 피우는 리샤를 노려보는 미카엘라.

"사도성의『부탁』은 거절하기 어렵잖아요. 자주적인 공부나 모임이라는 명목으로 훈련에 참가시킬 수도 있을 테죠."

"흠, 그럴 가능성은 충분히 있지. 어디 사는 사도성 씨가 좋아할 것 같은 수법이야."

"그런 것을 완전히 금지하기 위해 휴가 명령을 내리는 겁니다."

60일 동안의 강제 휴가.

그 기간에는 다른 명령은 하나도 안 들어도 된다. 다시 말해——.

"제일 좋은 방법은 멀리 여행을 떠나는 것이겠지요. 제도 바깥으로, 아니면 아예 제국 외부로 나가시기를 권합니다. 그러면 리샤도 함부로 꼬드기지 못할 겁니다. 제국 주변의 동맹국에서 정양하는 게 좋지 않을까요?"

"아니, 하지만 우리는 일주일 후에 여기서 재검사를 받아야 하는데."

"그것도 연기해야지요."

"————."

진과 네네가 살짝 고개를 끄덕였다. 다른 누구보다도 미스미스 대장의 눈이 한순간 반짝 빛났다는 사실은, 아마 이 여의사는 눈치채지 못했을 것이다.

"저도 사령부 소속이니까요. 여러분의 성문에 관한 정보는 대략 알고 있습니다. 이미 충분한 샘플링을 통해서 그 성령 에너지가 약 일주일이 지나면 사라진다는 사실도 확인했죠. 그러므로 60일 후 제도에 돌아왔을 때 재검사를 하셔도 됩니다. 그때쯤에는 성문도 깨끗이 사라졌을 테지만요."

"그래, 알았어. 보스도 이해했지?"

"응?! 아, 으, 응!"

몇 번이나 고개를 위아래로 흔드는 미스미스.

"제 이야기는 끝났습니다. 자, 리샤. 이제 돌아갑시다. 가서 일해야죠."

"미카칭, 나도 좀 쉬고 싶은데."

"당신은 사도성이니까 사령부의 관할 대상이 아닙니다. 천제 각하께 말씀드려 보세요."

"헉, 너무해! ……흑. 아무튼 여러분, 그럼 느긋하게 바캉스를 즐기고 와. 그다음에는 내가 마음껏 부려먹을 테니까!"

미카엘라에게 붙잡혀 홀을 떠나가는 사도성 제5위.

그 후, 홀에서는——.

"저기, 있잖아?"

포니테일 소녀가 조심스럽게 입을 열었다.

"우리들, 지금 죽다가 살아난 거 맞지? 그럼 미스미스 대장님은 앞으로 한동안……."

"네네야~~~~~앗!"

"으악?!"

자기보다 더 작은 대장님이 확 매달리자 비틀거리는 네네.

"잘됐다, 우리 휴가 받았어! 리샤가 우리한테 말도 안 되는 부탁을 할 위험성도 없고, 재검사도 나중으로 미뤄지다니. 너무 행복해!"

"행복하긴 뭐가 행복해? 숨은 뜻을 잘 생각해봐."

진이 다시 의자에 앉더니 고개를 꺾어 천장을 쳐다봤다.

"저 군의관이 말했잖아. 우리가 경험한 세 번의 원정은 평범한 부대라면 세 번 전멸할 만큼 위험한 것이었어. 그런데 기구 사령부는 **고작 60일의 특별 휴가를 줌으로써 대충 얼버무리고 넘어가려는** 거잖아."

단 하나의 부대를 몇 번이나 사지(死地)로 몰아넣었는데.

그 대가가 겨우 요양이란 명목의 60일밖에 안 되는 특별 휴가라니. 진의 말마따나 실제로는 턱없이 부족한 성공 보수였다.

……또 상대의 숨은 의도를 좀 더 살펴보자면.

……60일 후에는 우리는 또다시 사지로 파견될 것이다.

물론 이스카도 눈치챘었다.

다만 그것을 그 자리에서 즉시 이야기하느냐 마느냐가 진과 이스카의 차이점이었다.

"뭐, 어쨌든 구사일생으로 살아난 것은 사실이지만."

"그, 그렇지?! 나의 유예 기간이 일주일에서 60일로 늘어났잖아? 좋아, 이 정도면 아무 문제 없어!"

미스미스 대장은 몇 번이나 바쁘게 고개를 움직였다. 그 목소리도 몇 분 전과는 딴판으로 생기가 넘쳤다.

"자, 그럼! ……어, 저기. 이스카 군. 이제 우리는 뭘 하면 돼?"

"제국 밖으로 나가야지요. 그냥 여행 간다고 생각해도 되니까, 일단 제도에서는 탈출해야 할 거예요."

제도의 시내 곳곳에는「마녀사냥」이 설치되어 있었다.

성령 에너지 검출기. 군인인 이스카 일행은 설치 위치를 웬만큼 파악하고 있는데, 만약 미스미스가 그곳에 들어가면 틀림없이 함정이 작동할 것이다.

……길거리도, 대중탕도, 슈퍼마켓 출입구도.

……제도는 온통 검출기로 뒤덮여 있었다.

현재 미스미스는 여자 기숙사에 틀어박혀 있고, 쇼핑은 네네가 대행해주고 있었다. 이 상황이 지속되면 누군가가 의심할지도 모른다.

"네네도 찬성할게! 제도는 위험해. 차라리 바캉스 가는 기분으로 국외에 나가는 게 자연스럽고 좋을 거야. 60일을 다 채우고 제도에 돌아오면 되지 않을까? 자, 그럼 제국 바깥의 어디로 가느냐가 문제인데…… 으음~ 어디가 좋을까?"

네네의 자문자답을 듣고 이스카가 입을 열었다.

"……중립도시?"

"안 돼!"

"기각."

"이스카 군, 무슨 소리를 하는 거야?!"

이스카의 즉흥적인 제안은 나머지 세 사람의 맹렬한 반대에 부딪쳤다.

"이스카 오빠, 반성을 하긴 한 거야?"

"최근에 어디 사는 누구 씨가 중립도시에서 독을 주입당해서 네뷸리스 황청까지 끌려갔을 텐데."

"맞아, 정말 큰 사건이었어."

"……미, 미안해요! 난 그런 뜻으로 말한 게 아니라, ……어, 그게……!"

곁눈질로 그를 째려보는 세 사람. 이스카는 당황하여 손사래를 쳤다.

이 세 사람은 이스카 유괴 사건이 「빙화의 마녀의 만행」이라고 믿어 의심치 않았다. 그러나 이스카 혼자만은 알고 있었다. 당사자인 앨리스는 결코 그것을 원하지 않았다는 사실을.

"아, 아니야! 내가 명령한 게 아니야!"

"난 이럴 생각은 전혀 없었어. 린이 제멋대로 한 짓이야!"

앨리스가 의도한 것이 아니었다.

앨리스는 시종인 린을 따끔하게 혼냈다. 이제 그런 사건은 두 번 다시 일어나지 않을 것이다. 이스카는 그 사실을 알기 때문에 무심코 "중립도시는 어때요?"라고 말한 것이었는데.

……아, 그렇구나. 진도 네네도 미스미스 대장님도.

……이 세 사람은 중립도시를 더 이상 안전하다고 생각하지 않는구나.

자신이 중립도시에 가려고 하면 틀림없이 반대할 것이다.

중립도시에 가지 못하게 된다.

다시 말해, 앨리스와 「우연히」 재회하지 못하게 된다?

이 넓은 세계의 어느 전장에서──.

진짜로 「우연히」 재회하는 날만 기다려야 할지도 모른다. 몇 년 후. 또는 평생이 걸려도 찾아오지 않을지도 모르는 우연한 기회가 오기만을 기대하면서.

……아니, 잠깐만. 내가 무슨 생각을 하는 거지?

……지금은 그게 중요한 게 아니잖아. 대장님을 구해드릴 방법이 없나 생각해봐야지.

제도 밖으로 가야 하는데.

중립도시에는 갈 수 없다면?

"아까 미카엘라 씨가 말했던 것처럼 제국의 동맹국으로 가거나. 여기서 좀 멀긴 하지만, 독립국가에 가도 괜찮을 것 같아요."

"이스카 군은 어디가 더 마음에 들어?"

"후자요. 현재 우리의 사정상, 제국의 동맹국이 아닌 나라가 더 안전해요."

동맹국은 공적으로 제국에 군사 협력을 하는 국가들이다.

그들은 네뷸리스 황청에 선전포고를 할 정도로 심각한 「마녀 반대 체제」는 아니지만, 군수산업 부문에서는 제국에 많은 에너지 자원을 수출하고 있었다.

"동맹국에서는 사령부가 우리를 감시하려고 마음만 먹으면 감시할 수 있으니까요."

"……그렇지."

한숨을 한 번 푹 내쉬더니.

미스미스 대장이 팔짱을 끼고 소리 낮춰 말을 이었다.

"역시 제국과는 무관한 나라로 가는 게 낫겠어. 물론 네뷸리스 황청과도 관계없는 나라로. 그중에서 괜찮은 관광지는……."

"아, 알았어. 네네가 조사해볼게!"

네네가 잽싸게 손을 들고 자원했다.

"카지노는 저번에 가봤으니까 이번에는 남쪽 낙원으로 가자. 넓은 모래사장과 수영장이 있는 리조트가 좋을 것 같아! 대장님은 뭐 원하는 거 있어?"

"나는 다 같이 바비큐 파티를 하고 싶어."

"진 오빠는?"

"난 뭐든지 상관없어."

"오케이. 이스카 오빠는?"

원하는 거 있어?

그러면서 이쪽을 쳐다보는 포니테일 소녀. 이스카는 잠시 천장을 우러러봤다.

"나도 특별히 원하는 것은 없는데. 하루라도 빨리 준비하고 떠날 수 있는 스케줄을 짰으면 좋겠어."

제도를 떠난다. 그것이 최우선 사항이다.

이 「기계로 된 이상향」은 미스미스라는 마녀에겐 더 이상 이상향이라고 할 수 없으니까.

그리고 현재——.

제도의 쇼핑몰 안에 있는 수영복 매장에서 이스카는 멍하니 서 있었다.

……이상하다. 이거 진짜 이상하지 않아?

……어제는 그토록 심각한 이야기를 나눴었는데. 지금 나는 왜 이런 곳에 와 있는 걸까?

수영복 매장.

그것도 여성용 코너라서 여자 손님들밖에 없는 공간. 젊은 여성들이 모여 있는 그곳에 이스카가 끼어 있는 모습은 아무리 봐도 기묘해 보였다.

양떼 속에 들어간 늑대?

아니, 오히려 자신은 늑대 무리에게 둘러싸인 양 한 마리일지도 모른다.

"이스카 오빠~ 여기야, 이리 와봐!"

매장 안쪽에서.

탈의실 커튼을 살짝 열고 네네가 고개를 쏙 내밀었다. 그래, 그건 좋은데. 열린 커튼 사이로 하얀 맨살까지 다 보였다.

겉옷은 물론이고 속옷도 안 입은 모양이다.

날씬한 옆구리와 배꼽이 다 보여서——.

"네네야?! 옷은 어쨌어?!"

"응? 그야 뭐, 수영복 입을 때에는 당연히 다 벗어야 하잖아?

오빠, 이거 봐. 어때?"

포니테일 소녀가 힘차게 커튼을 열어젖히고 탈의실에서 뛰쳐나왔다. 노출도 높은 홀터넥 스타일의 빨간색 수영복을 입고서.

네네는 원래 팔다리가 긴 모델 체형인데, 날마다 훈련도 열심히 한 덕분에 근육도 적당히 붙어서 운동선수 같은 건강미가 느껴졌다. 잘록한 허리와 허벅지 곡선이 매력적이었다.

"에헤헤~ 어때? 이스카 오빠. 뇌쇄적이지?"

"……뇌쇄적? 어디서 그런 이상한 단어를 배워온 거야?"

네네가 요 1, 2년 사이에 눈에 띄게 성숙해진 것은 의심할 여지가 없었다.

그 성장한 모습을 보고——

한순간 넋을 잃을 뻔했지만, 이스카는 황급히 고개를 흔들었다.

안 돼. 여기는 여자 수영복 매장이잖아. 내가 수영복 입은 여자를 보고 넋을 잃어버리면, 다른 여자 손님들이 과연 뭐라고 생각할까?

"……예쁘긴 한데. 네네, 네 나이에 비해 지나치게 화려한 디자인 아냐?"

"아~ 역시. 이스카 오빠도 그렇게 생각해? 맞아, 너무 어른스럽지. 으음, 그럼 이걸 입어볼까? 하지만 저것도 좋은데."

"있잖아, 네네. 수영복을 고르는 것은 좋은데."

즐겁게 쇼핑하는 사람에게 찬물을 끼얹고 싶진 않았지만, 지나치게 들뜨는 것도 좋지 않았다. 현재 그들은 리조트로 놀러 가는 게 아니니까.

"우리는 여행을 구실 삼아 제도에서 탈출하려는 거야. 미스미스 대장님도 분명히 진지하게──."

"응, 나 불렀어?"

누가 이스카의 등을 콕콕 찔렀다.

뒤를 돌아봤더니, 양손 가득 커다란 쇼핑백을 든 미스미스 대장의 모습이 눈에 띄었다.

"……대장님. 그 선글라스는 뭡니까?"

"응? 하하, 뭐긴. 우리는 이제 바캉스를 갈 거잖아? 나처럼 멋진 여성이 해변을 걸어 다닐 때에는 선글라스는 필수 아이템이거든?"

어린아이 같은 동안에는 전혀 안 어울리는 화려한 선글라스.

어깨에는 아동용 튜브를 메고, 머리에는 챙이 큰 모자를 쓰고 있었다. 모든 부분이 다 따로 노는 패션이었다.

"패션지에 소개된 유행을 무작정 따라가는 전형적인 어린아이 같네요……."

"아, 아니거든?!"

그러면서 여대장은 양손에 든 쇼핑백을 소중하게 끌어안았다.

"에헤헤, 나도 수영복 샀어. 벌써부터 기대된다. 제국에서 멀리 떨어진 사막에 둘러싸인 고급 리조트. 전부터 한번쯤은 가보고 싶었어!"

"……대장님이 즐거워 보이셔서 다행이에요."

어제까지는 이 세상이 끝나버린 것처럼 창백하게 질려 있었는데. 오늘 아침부터는 피부도 반짝반짝 빛나 보였고, 얼굴에는 근심 걱정 하나 없는 환한 미소가 걸려 있었다.

……어젯밤에 네네가 리조트 팸플릿을 보여줬을 때.

……기운이 난다고 했었지.

억지로 기운 난 척하는 게 아닐까?

이 쇼핑몰에 오기 전까지는 이스카도 그런 걱정을 했었는데, 이제 보니 진짜로 기운이 났나 보다.

"독립국가 알사미라. 이스카 군도 이번에 처음 가보는 거지?"

선글라스를 쓰고 천장을 쳐다보는 미스미스 대장.

"제국 저 멀리 동쪽에 있는 드넓은 사막. 그곳의 오아시스에 생겨난 나라야. 나라 전체가 리조트래. 아침에 해가 뜨면 수영장에서 수영하고, 밤에는 사막에 드러누워 별을 보면서 잠들고. 아아, 정말 낭만적이지 않아……?"

"오늘 밤에 출발할 예정이죠?"

"응, 맞아. 진 군이 순환버스 좌석을 예약해줬으니까. 그걸로 환승해서 갈 거야."

제도에서 제국령 바깥으로.

그 후 중립도시를 경유해서 머나먼 동쪽 사막으로 갈 것이다. 편도만 해도 3일 이상 걸리는 대이동이다.

"진 군에게 수속을 다 맡겨놨는데. 혼자서 해도 괜찮은 걸까? 특별 휴가를 신청하는 절차도 생각보다 복잡해 보이던데."

"진은 알아서 잘할 거예요."

진은 네네, 미스미스를 수행하는 역할을 이스카에게 맡기고 혼자 제국 기지에 남았다.

그런데 이스카는 알고 있었다.

진이 자진해서 그런 잡무를 도맡은 진짜 이유는, 수영복 쇼핑을 하는 대장과 동행하고 싶지 않아서였다.

"……치사해. 진."

"어, 이스카 오빠? 뭐라고 했어?"

"아니, 아무 말도 안 했어. 빨리 돌아가서 여행 준비나 하자."

여직원의 차가운 시선을 느끼면서 이스카는 도망치듯이 재빨리 뒤로 돌아섰다.

3

100년 전.

제국은 오늘날보다 더 압도적인 군사력을 자랑하며 세계를 지배하고 있었다. 타국을 차례차례 흡수 합병 해서 그야말로 최고의 영화를——

누리고 있었는데.

어느 날 제국은 「별의 비밀」을 알게 되었다.

——별의 중추에서 솟아나는 미지의 에너지 『성령』.

깊은 땅속에서 튀어나온 성령은 인간에게 들러붙어, 옛날이야기에나 등장하는 마법 같은 능력을 인간에게 가져다주었다.

대형 병기의 위력조차 능가하는 성령술. 그 힘을 두려워한 제국 사람들은 그들을 마녀, 마인이라고 부르며 박해하기 시작했다.

마녀사냥이 이루어지던 시대——.

그러나. 이윽고 제국의 지나친 폭압에 저항하는 인간이 나타났다.

대마녀 네뷸리스의 반란. 당시 아직 10대 소녀였다고 하는 네뷸리스는 제국에 필적하는 강대한 『네뷸리스 황청』을 건국했다.

마녀, 마인을 모조리 없애려고 하는 제국.

그런 제국에 대한 복수심을 불태우는 네뷸리스 황청.

세계 양대 강국의 싸움은 100년 후인 오늘날까지도 계속 이어지고 있었다.

네뷸리스 왕궁「별의 탑」——.

강한 저녁 햇빛이 비쳐드는 가운데.

정적이 감도는 작은 집무실에서는 발소리 하나도 나지 않았다.

먼지 날리는 소리조차 다 들릴 정도로 조용한 그 방 안에서는, 금발 머리 소녀가 그저 열심히 펜으로 종이를 긁는 소리만 울려 퍼지고 있었다.

"…………."

보고서를 훑어보고 서명. 다음 보고서 내용을 일독하고 또 서명. 그렇게 약 20장의 보고서를 쉬지 않고 처리한 소녀가 책상 가장자리를 흘끗 보았을 때.

"다음은 지지난주 보고서입니다."

척.

산더미 같은 종이들이 보충되었다.

"자, 앨리스 님. 이것과 지난주, 이번 주 보고서만 처리하시면
됩니다."

"아악, 싫어어어어어어어어!!"

앨리스는 무의식중에 의자에서 벌떡 일어나 비명을 질렀다.

앨리스리제 루 네뷸리스 9세──「마녀의 낙원」네뷸리스 황청
의 제2왕녀. 그 이름을 모르는 국민은 하나도 없을 것이다.

윤기 나는 금빛 머리카락은 은은하게 빛났고, 루비처럼 붉은
두 눈동자는 늠름하고 기품이 넘쳤다.

아직 열일곱 살인데도 조숙한 그 육체는 매력적인 곡선으로 이
루어져 있어서 매우 화려하고 아름다웠다. 게다가 그 몸에는 네
뷸리스 직계에 어울리는 강력한 성령이 깃들어 있었다.

──가장 유력한 차기 여왕 후보.

하지만 현재 앨리스의 모습은 그런 평판이 무색해질 정도였다.
앨리스는 서재 벽에다 등을 기댄 채 "으아앙, 싫어, 싫다고!" 하
고 울먹이는 표정을 지었다.

"더 이상은 못해. 린, 이거 봐. 펜을 너무 오래 붙잡고 있어서
물집이 생겼잖아. 여왕 보좌 작업은 여기까지만 하자, 응?"

"나머지 한 손이 남아 있잖아요. 펜은 잡을 수 있습니다."

"뭐야, 이거 고문이야?!"

"……농담은 그만하고. 이제 좀 쉴까요?"

양팔로 서류 다발을 안고 그렇게 말한 사람은 앨리스의 시종 린이었다.

린 뷔스포즈.

밝은 갈색 머리카락을 좌우로 갈라 묶은 소녀. 나이는 앨리스보다 한 살 어린 열여섯 살이었다.

가정부처럼 소박한 옷을 입고 있었지만, 실은 앨리스의 호위이기도 한 린의 옷 구석구석에는 단검, 금속 바늘, 와이어 같은 암기가 숨겨져 있었다.

"있잖아, 린. 나 홍차 마시고 싶어. 우유와 설탕을 듬뿍 넣어서 달게 만들어줘."

"네, 금방 준비해 오겠습니다."

린은 서재 구석에 마련되어 있는 다기 세트를 능숙하게 세팅하기 시작했다.

앨리스는 그 모습을 지켜보면서.

"……자극이 필요해."

다시 의자에 앉아 중얼거렸다.

"아침부터 밤까지 서재에 틀어박혀 어마마마의 일을 도와드리다니. 너무 단조로워서 졸리고 피곤해. 뭔가 좀 더 왕녀다운 일을 하고 싶은데. 뭐 없나?"

"화려한 외근이 아닌 수수한 내근. 이것도 왕가가 수행해야 할 일입니다."

"아니, 하지만~."

"자극이란 이름의 긴장감이라면 얼마 전에 지나칠 정도로 맛보셨잖아요?"

"…………."

린의 말뜻을 파악한 앨리스는 입을 다물었다.

"이로써 넌 나의 감시하에 있게 된 거지!"

"후후, 가끔은 이러는 것도 재미있네. 적국의 강자를 이렇게 가까운 곳에 묶어두다니. 왠지 긴장감이 느껴져서 좋은걸?"

그런 대화를 한 것 같기도 하다.

제국 병사 이스카를 붙잡아서 네뷸리스 황청으로 끌고 왔을 때 있었던 일. 그것도 겨우 열흘 전쯤에 일어난 사건이다.

앨리스가 포로인 이스카를 감시했던 그 며칠 동안.

……왕녀로서 이런 말을 하면 안 될지도 모르지만.

……그와 함께 있을 때에는 가슴이 두근거렸었다.

린이 곁에 있어서 안심이 되기도 했지만, 또 한편으로는 '이 검사를 상대할 때에는 결코 방심할 수 없어'라는 긴장감과 고양감도 느꼈었다.

그 흥분을 잊을 수 없었다.

……게다가.

……내 나이 또래의 소년과 한방에서 잠을 잔 것은 그때가 처

음이었는걸.

앨리스는 왕녀인 동시에 젊은 소녀였다.

적국 병사이긴 해도, 10대 소년과 함께 밥을 먹고 대화까지 했으니. 아무것도 느끼지 못할 리 없었다.

앨리스는 이스카와 침식을 함께하면서 생애 최초의 신선한 자극을 체감했다.

"그 제국 병사는 사실 왕족 전용 스위트룸이 아니라 비좁은 창고에다가 가둬놔야 했었어요. 그러면 앨리스 님께서 주무시는 도중에 습격당할까 봐 걱정할 필요도 없었을 텐데."

"저기, 린."

입술을 삐죽거리는 시종을 부드럽게 타이르는 앨리스.

"이스카는 그런 짓은 안 해."

"…………."

"너도 그건 알잖아?"

"……네, 부정하진 않겠습니다."

린은 체념한 표정으로 대꾸했다.

"그 제국 병사는 적이지만, 인간의 도리를 아는 사람입니다. 설령 수갑을 채우지 않았어도 잠든 앨리스 님을 덮치지는…… 않았을 테지요."

"그렇지? 린, 너도 이제야 좀 알아주는구나?"

전장에서는 앨리스의 등골이 서늘해질 정도로 박력 있게 싸우는 남자.

그러나 전장 이외의 장소에서는 마치 딴사람 같았다. 온화하고 어른스럽고, 제국 병사임에도 불구하고 마녀를 경시하지 않는 지성적인 사람.

그 점이 마음에 들었다.

그가 상스럽고 거친 제국 병사였다면 앨리스도 포로를 그렇게 관대하게 대해주지는 않았을 것이다.

"나는 제국 병사에게 관용을 베푼 게 아니야. 상대가 이스카여서 특별대우를 해준 거지."

"그때 알몸을 보이고 크게 당황하셨잖아요."

"헉?! ……뭐, 뭐 어때, 괜찮아. 남한테 부끄러워서 못 보여줄 만한 몸은 아닌걸. 오히려 내가 자랑하려고 보여준 거야!"

"너무 변태 같은 대사인데요?!"

린은 대놓고 한숨을 쉬면서 홍차 세트를 들고 왔다.

"밀크티입니다. 설탕을 듬뿍 넣었으니 잘 저어 드세요."

"고마워. 린."

김이 나는 찻잔을 들어 올렸다.

달콤함이 확 피어나면서 향기로운 찻잎 냄새가 났다.

"어머나? 신기한 향기네. 새로운 찻잎이니?"

"네. 먼 지방의 찻잎이 수입되었거든요. 머나먼 동쪽에 있는 사막 지대의 찻잎입니다."

"사막에서 홍차를 재배할 수 있어?"

"오아시스의 농원에서 재배한 겁니다. 리조트로도 유명한 곳인데, 이 홍차도 굉장한 고급품이라고 하더군요."

사막의 오아시스. 리조트.

이 얼마나 매혹적인 키워드인가.

"있잖아, 린. 다음 휴일에는 우리 둘이서 거기 가보자, 응? 리조트라면 놀 곳도 많을 거 아냐? 아침에는 수영장에서 신나게 수영을 하고, 밤에는 사막에 담요를 깔고 누워서 별을 보며 잠드는 거야. 낭만적이지 않아?"

"현재 스케줄만 보면 아무리 빨라도 내후년에나 가능하겠네요."

"……꿈도 희망도 없구나."

린의 비정한 선고를 듣고 앨리스는 힘없이 의자에 기대어 앉았다.

그런데 그때——.

탑 바깥에서 돌연 팡파르가 울렸다.

안뜰에서 나는 소리였다. 악단이 트럼펫과 금관악기를 연주하자, 저절로 발걸음이 가벼워지는 명랑한 음악이 네뷸리스 왕궁에 울려 퍼졌다.

이 소리는 아마 성뿐만 아니라 번화가에도 들릴 것이다.

"귀환을 축하하는 팡파르군요. 이 곡은……."

"일리티아 언니가 돌아왔나?"

현 네뷸리스 여왕의 자식인 세 자매. 그중 첫째가 귀환했음을 알리는 소리였다.

제1왕녀인 장녀 일리티아.

제2왕녀인 차녀 앨리스리제.

제3왕녀인 삼녀 시스벨.

모두 다 희소한 성령을 가지고 태어난 성령술사이자 차기 여왕 후보였다.

피를 나눈 언니와 동생.

그러나 콘클라베(여왕 선별 의식)에서는 자매들끼리도 서로 봐주지 않고 세력 다툼을 해야 한다. 그것이 앨리스의 고민거리였다.

……네뷸리스 여왕은 대대로 일찌감치 왕위를 물려주는 것이 숭고한 관례였다.

……어마마마가 퇴위하실 때까지 시간이 얼마나 남았을까? 2년? 3년?

퇴위가 결정된 다음에 행동하면 너무 늦을 것이다.

콘클라베 경쟁은 벌써 물밑에서 시작되었다. 일리티아 언니가 대표적인 예였다. 언니는 거의 1년 내내 성을 비우고 밖으로 돌아다니고 있었다.

사전 교섭을 하기 위해서.

"이번에는 일찍 돌아오셨군요. 왕위 투표권자들에게 인사하고 다니는 작업이 순조롭게 진행되고 있나 봅니다."

"린."

앨리스는 지나치게 솔직한 시종을 타이르듯이 그 이름을 불렀다.

그러나 그건 사실이었다. 앨리스가 이렇게 왕궁에 머무는 동안에 일리티아는 네뷸리스 황청의 귀족들을 만나고 다니면서 지지자 수를 늘리고 있었다.

"일리티아 님도 곧 궁전 안으로 들어오실 겁니다. 앨리스 님도 맞이하러 가실 건가요?"

"……가야지. 별로 내키진 않지만, 그래도 언니인걸."

앨리스는 무거운 발을 움직여 서재 밖으로 향했다.

그런데.

"앗."

먼저 복도로 향한 린이 방문을 열자마자 작은 소리를 냈다. 복도에 병사 이외의 누군가가 있는 걸까?

"린, 왜 그래? 일리티아 언니가 오신 거야?"

린의 등 뒤에서 복도를 내다보는 앨리스.

그 눈에 비친 인물은 아름다운 여인인 제1왕녀가 아니라, 아직 작고 어린 제3왕녀였다.

"시스벨?"

"…………."

약간 불그스름한 긴 금발 머리. 사랑스러운 외모. 커다란 눈동자는 햇빛을 반사해서 보석처럼 반짝거렸다.

연한 그러데이션 컬러의 드레스를 입은 그 소녀는 환상적인 분위기를 지니고 있었다.

──그런데.

앨리스를 쳐다보는 그 시선에는 어두운 그림자가 드리워 있었다.

적의(敵意)라고 할 정도는 아니어도, 노골적으로 앨리스를 경계하는 눈빛이었다.

"시스벨. 너도 언니를 맞이하러 나온 거니?"

"…………."

"마침 잘됐네. 나와 린도 그러려고 했거든. 같이————."

"실례하겠습니다."

쌀쌀맞은 한마디였다.

시스벨은 앨리스에게 대답할 시간조차 주지 않고 냉큼 돌아서더니 복도를 따라 반쯤 뛰듯이 걸어갔다. 자기 방으로. 큰언니를 맞이하러 가는 게 아니었다.

"그저 우연히 밖에 나와 계셨나 보네요."

"응, 그래. 시스벨다운 행동이네……."

앨리스가 봐도 인형처럼 사랑스러운 여동생 시스벨.

성격도 옛날에는 앨리스만큼이나 왈가닥이고 호기심 왕성하고 사교적이었는데.

언제부터였을까.

일리티아의 존재가 무서워지고, 시스벨의 존재가 음산하게 느껴지기 시작한 것은.

……그래도 일리티아 언니는 명랑하고 활발해서 이야기를 나눠도 즐겁지만.

……최근 들어 시스벨은 정말로 음산해 보였다.

무슨 생각을 하는지 모르겠다.

시스벨은 늘 자기 방에 틀어박혀 모습을 드러내지 않았다. 식사도 거의 철저히 자기 방에서만 했고, 여왕이 초대할 때에만 그 식사에 참가할 뿐이었다. 지금처럼 복도에서 우연히 마주쳐도 금방 도망치듯이 멀리 떠나가 버렸다.

뭔가 좋지 않은 일을 꾸미는 게 아닐까? 그런 의혹을 불러일으키는 분위기였다.

"……어휴, 진짜!"

앨리스는 머리를 짚으며 소리를 질렀다.

"이건 정말 아니야. 시스벨뿐만 아니라 언니까지 돌아와서 왕궁에 머문다고? 나 스트레스 받아서 쓰러질 거야. 왕궁 밖으로 나가고 싶어!"

앨리스 나름대로 구실은 생각해뒀다.

얼마 전에 제국군이 초월의 마인 샐린저를 탈옥시키지 않았는가.

사도성 네임리스가 이끄는 비밀 부대가 어떻게 국경을 돌파했는지. 그 방법도 아직 알아내지 못했다.

게다가 황청 내에도 여전히 제국군이 숨어 있을 가능성도 있었다.

"내가 외부로 정찰을 나가보면 어떨까?"

"안 됩니다."

"왜?!"

"앨리스 님의 말씀은 지당합니다. 여왕님께서도 같은 말씀을 하셨습니다. 현재 우리나라는 중앙주에 강력한 성령술사가 너무 많이 모여 있다고요. 제국군이 국경을 넘은 시점에서 우리의 대처가 늦어지는 것은 걱정할 만한 일이라고 하셨죠."

"……그럼 역시 내가 순찰하러 나가는 게 좋지 않을까?"

빙화의 마녀가 직접 돌아다닌다면 제국군도 경계할 수밖에 없을 테니까. 국경을 침입하려는 움직임을 효과적으로 견제할 수 있을 것이다.

"시스벨 님이 나가실 거예요. 내일부터 황청 밖으로."

"시스벨이?"

앨리스는 린의 말을 듣고 제 귀를 의심했다.

"시스벨이 자원한 거야?"

"여왕님의 명령이라고 들었습니다. 동쪽에 있는 독립국가로 출장을 가신다고 하더군요. 시스벨 님의 능력 없이는 해결하기 어려운 안건이라고 합니다."

"……그렇구나. 하긴, 그 애의 성령은 편리하지."

시스벨 루 네뷸리스 9세의 성령은 「등불」.

직접적인 전투에는 적합하지 않지만, 정보전 분야에서는 시스벨의 능력은 단연 최강이다.

왕궁의 신하들이나 병사들도 두려워할 정도로.

"그러니까 앨리스 님은 왕궁을 지키셔야 해요. 시스벨 님이 귀환하실 때까지."

"…………."

"알았으면 대답하세요."

"······네······."

여왕의 명령은 거역할 수 없다.

앨리스는 체념하고 눈앞에 있는 책상 위에 엎어졌다.

제국 검사 이스카──그는 이미 제국으로 돌아갔을까? 지금 어디서 뭘 하고 있을까. 멍하니 그런 생각을 하면서.

"자극이 부족해······."

앨리스는 혼잣말을 툭 내뱉었다.

Chapter.2
『낙원과 마녀와 모르는 척』

the War ends the world /
raises the world

1

독립국가 알사미라——.

세계 대륙의 동쪽에 펼쳐져 있는 거대한 사막의 한 지역에서 퐁퐁 샘솟는 오아시스를 중심으로 발전한 국가.

제국과 황청 중 어디에도 속하지 않는다는 점은 중립도시와 동일했다.

그리고 차이점은——.

아직 중립을 선언하지 않았으므로, 둘 중 어디에나 붙을 수 있다는 점이었다.

"실은 사령부 간부가 제국의 동맹국이 되지 않겠냐고 몰래 제안하고 있다든가 하는 수상쩍은 소문도 있어. 수십 년 전부터 그랬다던데."

"하지만 알사미라 측은 계속 거절했을 테지?"

"맞아. 당연하지. 이렇게 리조트로서 성공했으니까."

진과 이스카가 차창으로 밖을 내다보는 사이에 순환 버스가 천천히 멈춰 섰다.

독립국가 알사미라의 국경을 넘은 이후로도 하루 종일 달려서 사막을 건너 마침내 목적지인 수도 시가지에 도착했다.

"와, 굉장하다! 저 건너편에 있는 커다란 건물. 저게 다 호텔 이지?!"

미스미스 대장이 환희에 찬 소리를 질렀다.

버스 창문에 양손을 딱 붙이고, 이 버스가 주차장에 완전히 멈 추기를 설레는 마음으로 기다리고 있었다.

"보스, 아직은 나가면 안 돼. 버스가 멈춘 다음에 내려."

"으…… 응…… 아, 빨리, 빨리이."

초조한지 벌써 의자에서 엉덩이를 떼고 있었다.

『손님 여러분, 오래 기다리셨습니다. 알사미라 시가지에 도착 했습니다.』

"네, 이 순간만 기다렸어요!"

문이 열렸다.

정확히 1초 후, 미스미스 대장이 반쯤 구르다시피 하면서 밖으 로 튀어나왔다. 커다란 여행용 배낭을 짊어지고 챙 넓은 모자를 쓴 완벽한 복장으로.

버스 밖으로 나오더니——.

"헉, 너무 덥네?!"

아스팔트 노면에 내려선 미스미스 대장은 당장 소리를 지르며 펄쩍 뛰었다.

"뭐…… 뭐가 이렇게 더워?! 한여름, 아니, 프라이팬 위에 올라온 것처럼 뜨거운데?!"

"냉방이 되는 버스에서 나가면 더운 게 당연하죠."

이어서 짐을 어깨에 멘 이스카가 하차했다.

대장님 말마따나 버스에서 한 걸음 나간 순간, 마치 다른 세상에 온 것처럼 엄청난 열파가 이스카의 머리카락을 확 밀어 올렸다. 순식간에 땀이 터져 나오고 입술이 말라붙는 것이 느껴졌다.

기온은 아마 40도쯤 될 것이다.

"우와, 진 오빠. 굉장하지 않아? 진짜로 1년 내내 여름인 리조트구나."

"사막 한가운데니까."

"뭔가 좀…… 외국 같은 느낌이 들어. 저쪽에 야자수도 있잖아? 역시 기후가 다르면 자라는 식물도 다르구나."

네네가 신기하다는 듯이 주위를 둘러봤다.

한편 미스미스 대장은 벌써부터 배낭에서 뭘 꺼내고 있었다.

"자, 이스카 군. 여기다 공기 채워줘."

"이게 뭔데요?"

"튜브와 비치볼이야."

"여기서 벌써 해요?! 수영장에 가기는커녕 이제 막 주차장에 도착했는데요! 관광을 하더라도 우선 호텔에 가서 체크인하고 짐부터 맡겨야죠."

"헉! 아, 아 참, 그렇지……."

"바캉스로 머릿속이 꽉 차버리셨네요."

수십 대나 되는 관광버스와 택시가 세워져 있는 주차장을 빠져 나와 대로로 나갔다.

　그곳에는 호화로운 호텔들이 즐비하게 들어서 있었다.

　"이스카 군, 저거 봐! 메가 마린스 호텔, 호텔 이스베리아, 게다가 대광패(大光霸) 그룹 호텔도 있어! 와, 전부 다 유명한 호텔인데. 정말 멋지다. 마치 꿈만 같아!"

　야자나무 가로수 큰길을 따라 미스미스 대장이 통통 튀듯이 달려갔다.

　"이 여름 풍경! 우리는 마침내 낙원에 도착한 거야. 자, 가자!"

　"대장님, 뛸 때에는 앞을 보지 않으면――."

　"으악!!"

　"위험하다고 말하려고 했는데 너무 늦었네요……."

　야자나무와 전력으로 정면충돌.

　이마를 부딪쳐 힘없이 주저앉는 대장님. 그 모습을 본 이스카와 진과 네네는 서로 얼굴만 마주 볼 뿐이었다.

2

　반짝반짝한 모래사장.

　맨발로 밟으면 사박사박 기분 좋은 소리가 나는 모래. 자세히 보면 자잘한 조개껍질과 산호 조각이 섞여 있었다.

　파도는 때로는 크게, 때로는 작게 다가와서 모래밭에 가벼운 파도 소리를 남기고 갔다.

"우와, 너무 호화롭다……."

이게 호텔 수영장이라는 것을 믿을 수가 없었다.

먼 바다에서 진짜 모래를 수입해 왔고, 또 대형 기계를 수영장 밑바닥에 설치해서 파도를 일으키기 때문에 서핑도 가능하다고 한다.

자식을 데려온 부모는 아동용 작은 수영장에서 놀고.

젊은 커플은 파도 풀에서 수영하거나 적당히 누워서 선탠을 하고 있었다.

"와…… 이건 확실히, 이해가 가네."

관광객들이 북적거리는 모래밭 한구석에서 이스카는 홀로 납득을 했다.

그야말로 낙원이었다. 진정한 리조트였다.

미스미스 대장님이 들떠서 난리 치는 것도 이해가 갔다. 이스카조차도 이 광경을 보니 왠지 마음이 들뜰 정도였으니까.

어느 수영장에서 수영할까? 모래밭을 천천히 산책하는 것도 괜찮아 보였다. 패스트푸드 가게에는 주스나 가벼운 음식도 다양하게 준비되어 있었다.

"이스카, 네네와 보스는 아직 안 왔어?"

"응. 아직 옷 갈아입는 중인가 봐."

"나 참, 느려 터졌네. 빨리 갈아입고 나오라고 닦달한 사람은 보스였잖아?"

은발 청년이 옆으로 다가오면서 말했다.

평소에는 제국 전투복을 입고 다니는 진도 지금은 이스카와 마찬가지로 수영복 위에 래시가드를 걸치고 있었다.

다만——.

래시가드 안쪽이 묘하게 부풀어 오른 것을 보면 거기에 「무언가」를 숨기고 있나 보다.

"진, 그건……."

"총이다. 이 주머니에는 내 총 중에서 제일 작은 것밖에 안 들어가더군."

진지한 얼굴로 주위에는 들리지 않게끔 소리를 낮춰 대답하는 저격수.

이 독립국가 알사미라에서는 이를테면 신분 증명과 같은 조건을 충족시켰을 경우에는 호신용 무기를 휴대할 수 있다. 단, 살상력이 낮은 무기에 한해서.

아무리 그래도 수영장에 들고 들어오는 행위는 금지되어 있을 텐데.

"너 들키면 체포될걸……?"

"들킬 것 같으면 수풀에다 던져버리고 가면 돼. 호텔에는 내 저격총이 있으니까."

저격수인 진이 애용하는 총은 이 리조트의 수렵장에서 사용하는 엽총으로 위장해서 지금은 호텔 객실에 놔두고 왔다.

"이 나라도 언제 **내전**이 발생할지 모르는 상황이잖아?"

진의 그런 혼잣말은 아마 이스카의 귀에만 들렸을 것이다.

만약 제국 병사가 마녀와 마주친다면, 무기가 없는 제국 병사가 강력한 성령술을 다루는 마녀에게 저항할 방법 따윈 없을 것이다.

……남들 눈에 띄지 않는 장소로 납치되어 일방적으로 공격당할 테지.

……소문도 나지 않고, 사건도 발각되지 않을 것이다.

그런 사태를 방지하기 위한 방어 수단.

이곳이 낙원이라 해도, 은밀하게 발생할 수 있는 충돌에는 대비해야 한다.

"실은 간단한 대비책이 있지. 밤에는 번화가 밖으로 나가지 않으면 돼. 마녀도 이렇게 사람이 많은 곳에서는 어쩌지 못할 테니까."

"……그건 그래."

"사실 나로선 저 두 사람의 장난질에 휘말려 드는 게 더 골치 아파."

진은 천천히 한숨을 내쉬었다.

은발 청년이 바라보는 수영장 입구 쪽에서 저마다 튜브와 비치볼을 하나씩 들고 모래밭을 달려오는 네네와 미스미스 대장의 모습이 눈에 띄었다.

"아~ 여기 있었네? 진 오빠, 이스카 오빠! 찾았다!"

"둘 다 오래 기다렸지? 미안해. 튜브에 바람 넣는 데 시간이 오래 걸려서."

"…………."

"어? 이스카 오빠, 왜 그래?"

"아, 아니. 그냥. 둘 다 수영복을 입었구나~ 하고. 너무 당연한 이야기인가?"

찬란한 햇빛 아래에서 싱그러운 육체를 드러낸 두 여성——.

이것도 여름의 낙원 효과인 걸까. 제도의 쇼핑몰에서 봤을 때보다도 여기서 이렇게 다가오는 네네의 모습이 훨씬 더 눈부셔 보였다.

"에헤헤. 어때? 네네의 매력이 뭔지 이제 확실히 알았어?"

네네가 몸을 앞으로 확 숙이면서 말했다.

프릴 달린 홀터넥 수영복을 입은 소녀의 팔다리는 유난히 길쭉해 보였다. 그리고 평소엔 좀 작아 보였던 가슴도 엉덩이도 지금은 곡선미가 두드러져 보였다.

새삼스레 다시 인식했다.

이 포니테일 소녀는 옷을 입으면 몸매가 다 가려지는 스타일인가 보다.

"어때? 이스카 오빠?"

"어떻긴…… 어, 예쁘네."

"응, 그렇지?! 진 오빠, 어때? 가끔은 칭찬 좀 해주지 그래?"

힐끗 네네를 보는 저격수.

"어때, 어때?"

"괜찮아 보이네."

"허억?!"

이스카가 박수를 쳤다. 네네 본인도 놀라서 소리를 질렀다.

진에게서 좋은 평가를 받다니. 애초에 진이 뭔가를 칭찬하는 일은 매우 드물었다. 그 정도로 수영복 입은 네네의 모습이 예쁘다는 뜻이리라.

"에헤헤. 이스카 오빠와 진 오빠가 둘 다 나를 칭찬해줬어!"

"앗~ 네네야, 치사해! 너 혼자만 칭찬받다니!"

그때 미스미스 대장이 끼어들었다. 나를 봐라! 하고 모두의 눈앞에 서서 가슴을 활짝 펴고 입을 열었다.

"자, 이스카 군, 진 군. 내 수영복은 어때? 예뻐 보여?"

"……아, 네. 대장님 수영복도 예쁘네요."

아동용 수영복인가?

특징적인 고양이 실루엣 무늬가 들어간 아주 귀여운 디자인.

네네의 수영복보다 더 유치해 보였지만, 미스미스 본인이 동안이고 몸집도 작고 귀여우니까. 그 외모에 잘 어울리기는 했다.

단, 문제가 하나 있었다.

"예쁜 수영복이긴 한데…… 사이즈가 좀…….."

"사이즈?"

"군데군데 제대로 가려주지 못하는 게 문제인 것 같아요."

가슴을 활짝 편 미스미스의 쑥 튀어나온 가슴이 문제였다.

작은 몸집에 어울리지 않게 커다란 그 가슴은 안타깝게도 아동용 수영복 천으로는 완벽하게 덮이지 않았다.

"대장님, 여기가 튀어나왔는데?"

"꺄악? 네네야, 뭐 하는 거야?!"

네네가 미스미스의 수영복 밖으로 튀어나온 가슴살을 검지로 콕 찔렀다.

너무 풍만한 가슴의 옆과 아래쪽 살이 수영복 밖으로 비어져 나와 있었다. 미스미스가 걸을 때마다 그 부분이 흔들려서 지나치게 자극적이었다.

"주위에 있는 아이들의 교육상 좋지 않다고 생각해요."

"아, 네네도 알아. 이런 어른을 보고 파렴치하다고 하는 거지?"

"노출광이군."

"헉, 다들 너무하는 거 아냐?!"

미스미스 대장이 자기 가슴을 가리려는 듯이 튜브를 꽉 끌어안았다.

"으읏…… 돼, 됐으니까, 어서 저쪽 수영장으로 가보자! 나는 저 파도 풀장이 마음에 들어. 다 같이 100미터 경기를 하자, 응?"

"100미터? 보스는 그렇게 멀리 헤엄치지 못하잖아?"

"아니거든? 나도 개헤엄은 칠 줄 알아! 나 개헤엄은 진짜로 잘 쳐. 세계 기록을 세울 자신도 있어!"

대장은 튜브를 내던지고 수영장으로 뛰어갔다.

그 작은 뒷모습을 보면서 이스카와 진과 네네도 뜨거운 모래밭 위를 달리기 시작했다.

파도가 밀려오는 해수 풀장.

"윽, 정말로 짜네? 바닷물 같아!!"

네네가 입술에 묻은 물방울을 가볍게 핥아보더니 귀여운 비명을 질렀다.

"끄응. 아니, 그런데 이건 단순히 염화나트륨을 물에 녹인 게 아닌 것 같아. 복잡한 소금 맛이 나는데. 수많은 미네랄을 배합한 인공 해수인가? ……한 번 더 핥아볼까."

"네네야. 공이 그쪽으로 갔는데?"

"헉! 대, 대장님, 잠깐만!"

미스미스가 허공으로 올린 비치볼. 네네가 그 뒤를 쫓아 헤엄치기 시작했다.

공이 수면에 닿기 직전, 물속에서 점프한 네네가 재주 좋게 발끝으로 공을 높이 차 올렸다.

"앗, 네네! 발을 사용하다니 치사해."

"에헤헤. 발을 쓰면 안 된다는 말은 아무도 안 했잖아?"

이스카는 떨어지는 공을 양손으로 받아쳤고, 진이 그 공을 다시 미스미스의 머리 위로 높이 올렸다.

"아, 너무 세게 쳤나?"

"아앗, 진 군, 뭐 하는 거야! 어디까지 날려버린 거야?!"

"저거 놓치면 보스가 지는 거야. 오늘 저녁밥은 보스가 사야 해. 알지?"

"일부러 그랬구나?! 치…… 나는 그런 사악한 짓에 굴복하지 않아!"

물을 가르고 필사적으로 뛰어가는 여대장. 수영장 수면은 성인 남성의 가슴까지 오는 높이인데, 키가 작은 미스미스는 목까지 물에 잠겨 있었다.

공이 수면에 닿으면 패배.

아슬아슬하게 공이 물에 닿기 직전에 낙하 위치에 도달한 미스미스는 진을 돌아보면서 승리의 미소를 지었다.

"후후, 진 군. 유감이야. 내가 간발의 차이로 먼저 도착했거든? 감히 나에게 도전한 대가는 지금부터 톡톡히 치르게──."

"보스, 뒤를 봐. 대형 파도가 온다."

"으응? 앗, 꺄아아아아아아아아악?!"

모처럼 진이 해준 충고도 소용없었다. 밀려오는 인공 파도에 휩쓸려버린 미스미스. 당연히 공을 제때 쳐내지도 못했다.

"와, 이겼다! 대장님이 졌어. 오늘 저녁밥은 맛있게 먹겠습니다~."

두 팔을 번쩍 들고 환호성을 지르는 네네.

그런데 그 포니테일 소녀의 뒤쪽에서도 또 다른 파도가 밀려왔다.

"네네, 그쪽에서도 파도가 온다."

"뭐? 아, 아악?! 크헉, 너무 짜~~~~~~!"

멋진 포니테일이 흠뻑 젖어버렸다.

물속에서 벌떡 일어난 네네의 머리에서 대량의 물방울이 후드득 떨어졌다.

"아이참, 머리카락이 다 젖어버렸잖아…… 수영복도 엉망이 되었고. 이거 끈이라서 다시 묶기도 힘든데."

끈을 다시 묶으려고 하는 네네.

그런데 그 전에.

끈 풀린 수영복이 가슴 아래로 미끄러져 떨어졌다.

"엇……."

철썩. 수면에 떠오른 수영복.

그것을 응시하는 네네의 얼굴이 순식간에 체리처럼 빨갛게 달아올랐다.

"꺄아아아아악! 이스카 오빠, 진 오빠, 여기 보지 마! 보면 안 돼!"

"와~ 뭐야, 네네가 여우 짓을 다 하네?"

"아, 아니거든?! 애초에 대장님은 그런 말 할 자격도 없어!"

한 손으로 가슴을 가린 네네가 나머지 한 손으로 수영복을 주웠다.

"대장님, 끈 좀 묶어줘……."

"응, 알았어. 그런데 일단 수영장 밖으로 나갈까?"

주위에 있는 남성들의 시선이 네네에게 집중되는 것은 어쩔 수 없는 일이었다.

그들은 다 함께 모래밭으로 올라갔고.

야자나무 그늘에서 미스미스가 네네의 수영복 끈을 묶어주는 동안에.

"좀 쉬자. 내가 가서 음료수라도 사 올게."

진이 저 안쪽에 있는 상점을 가리키며 말했다.

"아마 코코넛 주스가 특산품일 텐데. 그거 마실래?"

"응, 네네는 그거 마실래."

"나도. 대장님은요?"

"어~ 그럼 나도 그걸…… 아니야. 모처럼 장기 휴가를 즐기러 왔잖아. 나는 어른스럽게 코코넛 맥주를 마실래! 그것도 특산품 이지?"

"맥주?"

진이 눈살을 찌푸리며 말을 이었다.

"나 참. 맥주는 무슨 맥주야. 보스. 그건 어린애가 마시는 게 아니야. 한 모금만 마셔도 쓰러질걸?"

"나 어린애 아니야! 어른이거든?!"

"흥. 어쨌든 나는 미성년자라서 술은 못 사. 보스도 같이 갈래?"

"좋아, 나한테 맡겨! 이스카 군, 네네야, 이 나무 그늘에서 기다 리고 있어."

미스미스 대장은 진을 데리고 빠르게 모래밭을 걸어갔다.

아무리 봐도 어린애처럼 보이는 그 조그만 뒷모습을 지켜보고 나서.

"저기, 이스카 오빠. 혹시 대장님이 술 마실 줄 안다는 이야기 들어봤어?"

"아니. 그냥 충동적으로 도전해보는 게 아닐까?"

평소에 안 해본 일에도 도전해보고 싶다.

그런 긍정적인 생각이 들 정도로 이 리조트의 분위기는 평화로웠다.

"네네는 대장님이 너무 신나게 놀다가 어깨의 밴드가 벗겨질까 봐 걱정이야. 일반인들도 성문을 보면 놀랄 텐데. 그렇지?"

"응, 그럴지도 몰라……."

중립도시나 독립국가처럼 네뷸리스 황청과 국교를 맺은 지역에서도 실제로는 마녀를 두려워하는 사람도 적지 않았다.

네뷸리스 황청의 백성들은 국외에서는 성문을 감추는 경우가 많다고 한다.

……성령을 지닌 인간은 마음만 먹으면 총을 든 인간보다도 훨씬 더 위험한 존재가 될 수 있으니까.

……일반인이 무서워하는 것도 당연한가.

독립국가 알사미라가 무기 소지를 허용하는 이유──.

이 나라에 들어온 마녀의 위협에 대항하기 위한 방어 수단으로서 총이 필요한 것이다. 그 덕분에 이스카도 당당하게 성검을 가져올 수 있었다.

"네네, 너의 인공 성문은 어때?"

"이제는 거의 보이지도 않아. 봐, 밴드를 안 붙였는데도 네네의 성문은 잘 모르겠지?"

오른쪽 손등을 내미는 네네.

이스카가 자세히 살펴봤더니 간신히 희미한 얼룩이 보일 정도였다.

"진 오빠의 성문은 이미 사라졌대. 개인차가 있나 봐."

"미스미스 대장님의 성문만 조심하면 되는 건가. 이 60일 이내에 대처 방법도 생각해둬야 할 텐데……."

얼룩의 외관은 밴드로 가리면 된다.

그러나 문제는 성문에서 배어 나오는 성령 에너지다. 이것은 현재로선 감추는 것이 불가능하다. 제국의 검출기를 이용하면 금방 들킬 것이다.

제한 시간은 60일.

성령 에너지를 숨길 방법을 찾아내지 않으면 미스미스는 더 이상 제국에서 살지 못할 것이다. 그것은 동시에 제907부대의 소멸을 의미했다.

그런데.

"우리끼리는 계속 그 방법을 검토하더라도, 대장님에게는 한동안 이야기하지 말자."

"응, 네네도 동의해. 대장님이 저렇게 즐거워하는 모습은 오랜만에 봤는걸."

네네가 야자나무에 몸을 기대고 순수한 미소를 지으며 말했다.

"실은 네네도 즐거워. 이스카 오빠랑 진 오빠와 함께 놀아서."

"그러게. 나도 오랜만에 휴가를 만끽하는 느낌이 들어."

중립도시에서 쉴 때에는 언제나 앨리스를 생각하게 되니까.

미술관이나 오페라를 떠올리려고 해도 저절로 앨리스의 옆모습만 떠올리게 되었다. 아름답고 단정한 이목구비와 자신만만한 미소. 그리고 또 무엇보다도 그 벚꽃 같은 분홍색 입술이——.

……내가 무슨 생각을 하는 거지?

……지금은 임무나 황청 따위 다 잊어버리고 리조트에 놀러 온 거잖아!

그렇게 생각한 순간.

진이 돌아왔다. 인원수만큼의 주스를 손에 들고.

"진. 어서 와. 어? 그런데 미스미스 대장님은?"

같이 맥주를 사러 갔던 대장님의 모습이 보이지 않았다.

"대장님이 주문한 것만 늦게 나온데?"

"아니, 붙잡혔어."

은발 청년의 대답은 단순명쾌했다.

"수영장 경비원에게 둘러싸여서 심문 당하는 중이야. 신분증 내놓으라고 하던데?"

"지, 진 오빠, 그게 무슨 소리야?!"

네네가 놀라서 다그치듯이 말했다.

"설마 대장님의 성문을 들킨 거야……?! 어, 어떡해, 큰일 났네……!"

"아니야. 맥주 때문에 그래."

"뭐라고?"

"미성년 음주 위반. 보스의 외모만 보고 성인일 거라고 생각하는 사람이 누가 있겠어?"

"……아~ 뭐야, 그런 거였어?"

"……오케이. 네네도 이해했어."

"그래서 내가 아까 말했잖아. 어린애가 맥주 마시면 안 된다고."

부대의 저격수는 코코넛 주스에 입을 대면서 기막히다는 듯이 중얼거렸다.

3

저녁 무렵──.

번화가를 가로질러 호텔로 돌아가는 이스카의 뺨에 산들바람이 스쳐 지나갔다.

"이스카 오빠. 바람이 꽤 차가워진 것 같아."

"원래 사막의 밤은 춥거든. 밤에는 훨씬 더 추워질 거야."

쉽게 뜨거워지고 쉽게 차가워진다.

사막의 모래는 한낮에는 태양빛을 흡수해 프라이팬처럼 뜨거워지지만, 밤에는 얼음같이 차갑게 식는다.

한편 번화가의 열기는 식기는커녕 점점 더 뜨거워지고 있었다. 많은 사람들이 거리를 오갔다. 음식점이나 술집은 지금부터 심야까지 가장 성황을 이룰 것이다.

"저 레스토랑 봐. 사람들이 엄청나게 줄 서 있어!"

"역시 디너 타임은 장난이 아니네. 인기 있는 가게인가? 우리도 내일 한번 가보자. 오늘은 미스미스 대장님이 피곤하신 것 같으니까."

네네와 나란히 걷는 이스카. 그는 미스미스의 수영복과 기타 등등을 집어넣은 가방을 어깨에 메고 있었다.

그리고 미스미스는——.

"진? 미스미스 대장님은 어때?"

"쿨쿨 자고 있어."

놀다가 지쳐서 진의 등에 업혀 있는 미스미스 대장. 지금은 귀여운 숨소리를 내면서 곤히 잠들어 있었다.

"맥주를 마신 게 결정타였어. 한 모금 마시고 쓰러지듯 잠들어 버렸잖아?"

"응, 대장님은 그럴 것 같았어. 아, 맞다. 진 오빠. 대장님을 먼저 호텔까지 데려다주지 않을래? 우리는 저기 슈퍼에서 저녁밥 사 가지고 갈게."

"길 잃어버리지 말고 조심해서 와."

조그만 여대장을 등에 업고 걸어가는 진.

그 모습이 교차로 저편으로 사라지는 것을 확인한 후, 네네가 빙글 돌아서더니.

"이스카 오빠, 자, 잠깐만 여기서 기다려줘! 나 금방 돌아올게!"

"어, 왜? 슈퍼에 가는 거 아니었어?"

"…………."

네네가 말없이 뭔가를 가리켰다. 교차로 앞에 있는 공중 화장실.

"……저, 저기…… 좀 전에 주스를 너무 많이 마셔서……."

"응, 천천히 다녀와."

"다녀올게!"

화장실을 향해 전력질주 하는 네네. 이스카는 교차로 앞에 서서 기다렸다.

미스미스 대장님이 "내일은 바비큐 파티를 하자!"고 했었지. 그런 생각을 하면서 신호등이 깜빡거리는 광경을 멍하니 지켜보고 있었는데——.

"아아, 정말이지. 이 리조트에는 비슷비슷한 호텔이 너무 많네요. 지도는 알아보기 어렵고, 슈바르츠하고도 실수로 헤어져버렸고!"

방울 소리처럼 맑은 소녀의 음성이 들려왔다.

이스카의 등 뒤로 발소리가 다가오더니.

"꺄악?!"

보도 앞에 서 있는 이스카의 등에 쿵 부딪쳤다.

작은 소녀는 들고 있던 지도를 떨어뜨리고 바닥에 주저앉았다.

"앗. 저기, 괜찮니?"

"아, 아야…… 시, 실례했습니다. 길을 잃어서 지도를 들여다보느라……."

소녀는 이스카의 손을 잡고 몸을 일으켰다.

고상한 원피스에 달라붙은 먼지를 탁탁 떨어내고 천천히 고개를 들었다. 이스카는 그 얼굴을 본 순간.

——앨리스?

잠시 그렇게 착각했다. 그런데 그건 결코 이스카의 잘못이 아니었다.

애교 있는 커다란 눈동자와 윤기 나는 불그스름한 금발 머리. 가볍게 상기된 뺨과 입술은 생기로 가득 차 있었다. 마치 인형처럼 사랑스러운 외모였다.

　나이는 14~15세쯤 되었을까.

　아직 어리지만 그 아름답고도 사랑스러운 미모는 이스카가 알고 있는 빙화의 마녀를 방불케 했다.

　"············어?"

　"············**너는**······."

　그런데.

　이스카가 할 말을 잃고, 금발 소녀가 놀라서 눈을 휘둥그렇게 뜬 진정한 이유는——.

　"쉿, 가만히 있어. 지금 거기서 꺼내줄게."

　"어째서? 나를······ 도망치게 해주는 거야······?"

　1년 전 마녀 탈옥 사건.

　이스카가 사도성 지위를 잃어버리는 대신 감옥에서 해방시켜줬던 어린 마녀.

　그 마녀가 눈앞에 있었다.

　"너는, 그때 만났던······."

　"!"

　소녀의 어깨가 파르르 떨렸다.

　그 반응만 봐도 확실했다. 이 소녀도 이스카를 기억하는 게 틀림없었다.

……두 번 다시 만나지 못할 거라고 생각했다.

……그런데 이런 곳에서 이렇게 만나다니?!

독립국가라는 장소의 특성상 우연히 마주칠 확률은 0퍼센트는 아니었다. 제국도 황청도 오래전부터 이 나라를 동맹국으로 삼으려고 교섭을 해왔으니까.

그러나 앨리스에 이어서 이 어린 마녀와도 이런 식으로 재회할 줄은 몰랐다.

"…………."

"…………."

그들은 서로의 눈을 똑바로 마주 본 채 말문이 막혀버렸다.

긴장과 동요가 섞인 정적이 흘렀는데——.

"이스카 오빠, 오래 기다렸지?"

"으악?!"

네네가 포니테일을 휘날리면서 달려오자, 이스카는 허둥지둥 그쪽을 돌아봤다.

"어? 왜 그래?"

"아, 아니, 그게…… 서로 아는 사이는 아니야. 그냥…… 저기, 이 아이가 길을 물어봐서. 그래서 대답해주고 있었던 거야."

"뭐? 누구한테?"

"누구냐고? 그야 이——."

그제야 깨달았다.

좀 전까지 이스카 옆에 서 있던 소녀가 교차로를 건너가서 저쪽 길로 도망치듯이 뛰어가버렸다는 사실을.

눈부시게 빛나는 금발 머리도 금세 인파에 파묻혀 보이지 않게 되었다.

"⋯⋯⋯⋯⋯."

"이스카 오빠. 왜 그래?"

"⋯⋯어, 아무것도 아니야. 슈퍼에 가서 장이나 보자. 가자, 네네."

고개를 갸웃거리는 네네의 등을 살짝 밀면서 걸음을 뗐다.

열기 넘치는 번화가.

그 대로에서 홀로 헤매고 있던 마녀가 과연 어디로 갔을까 하고 생각하면서──.

Chapter.3
『별에 소원을 비는
마녀 시스벨』

the War ends the world /
raises the world

1

네뷸리스 황청, 제8대 여왕 밀라베어.

이 여왕의 삼녀로 태어난 시스벨 루 네뷸리스 9세도 시조의 혈통답게 놀라운 능력을 타고난 소녀였다.

등불의 성령——.

시스벨을 중심으로 반경 300미터 안의 영역에서 과거 20년 이내에 일어난 사건을 영상으로 재생하는 능력. 이것은 시공간에 간섭하는 능력의 일종이며, 수많은 성령들 중에서도 특히 희소한 계통이었다.

"……여왕님에 관한 그 소문. 들었나?"

"제1왕녀도 제3왕녀도 아닌 제2왕녀에게 왕위를 물려주고 싶어 하신다던데."

왕궁에서 발생하는 아주 사소한 이야기조차도 놓치지 않고 들었다.

이 능력으로 알아낸 정보 덕분에 제국의 스파이를 찾아낸 적도 있었다.

그리고.

"제3왕녀 시스벨, 독립국가 알사미라로 원정을 갈 것을 명합니다."

네뷸리스 궁전「여왕의 방」.

환하게 비쳐 들어오는 햇빛과 싱싱한 관엽식물과 꽃들로 장식된 성스러운 공간에서 여왕의 목소리가 울려 퍼졌다.

현 여왕 밀라베어.

시스벨의 친어머니이지만, 지금은 모녀간의 정을 논할 수 없는 상황이었다.

"그 사막의 나라가 제국 사람을 적극적으로 받아들이고 있다는 보고가 들어왔습니다."

"네."

"독립국가 알사미라는 중립도시와는 다릅니다. 중립을 선언하지 않은 나라…… 조건에 따라서는, 언제 제국의 속국이 될지 모릅니다."

황청의 적이 될 가능성이 있다.

그래서 시스벨을 파견하기로 했다.

등불의 성령을 지닌 시스벨은 그 나라에서 진행된 비밀 회합을 한 치의 오차도 없이 정확하게 재현할 수 있으니까.

은밀한 대화를 엿들을 수 있는 것이다.

"그 나라가 진심으로 제국의 편을 들 작정인지 조사해보세요. 그게 당신의 임무입니다. 혹시 모르니 저의 호위병을 당신의 원정에 참가시킬 것입니다."

"아뇨, 걱정하실 필요 없습니다."

시스벨은 여왕의 후의를 정중하게 거절했다.

호위병은 필요 없다.

좀 더 정확히 말하자면, 시스벨은 황청의 부하들을 신용하지 않았다.

"슈바르츠만 데려가도 됩니다. 저는 관광객으로서 방문하는 것이고, 제 능력만 보면 남에게 의심받을 이유도 전혀 없으니까요."

"그래요, 알겠습니다."

여왕의 입술 사이로 탄식이 흘러나왔다.

그렇게 대답할 줄 알았다. 그런 불안과 체념이 뒤섞인 감정이었다. 어머니의 그 표정을 보자 시스벨도 마음이 아파졌다.

……죄송합니다. 어마마마.

……저에게는 어마마마께도 말씀드리지 못할 개인적인 사정이 있습니다.

여왕의 생명을 지키기 위해서.

자신은 황청의 그 누구도 믿지 못한다. 장녀 일리티아, 차녀 앨리스리제도 마찬가지다.

"여왕님. 그럼 한동안 성을 비우도록 하겠습니다."

"네. 잘 부탁합니다."

등을 돌렸다.

——어마마마. 제가 없는 동안 부디 무사하시길 바랍니다.

진심 어린 기도.

시스벨은 그것을 입 밖에 내지 못하고 목구멍 속으로 꿀꺽 삼
켰다.

2

처음에는 단순한 호기심이었다.

시스벨 루 네뷸리스 9세가 소유한 등불의 성령은 시스벨의 현
재 위치를 중심으로 반경 300미터 영역에서 과거 20년 이내에 발
생한 일을 영상으로 재현한다.

그러니까 왕궁에서 밀담을 하면 다 들킨다.

——그렇다면 그 능력의 유효 범위 밖. 왕궁에서 멀리 떨어진
곳에서 이야기하면 된다.

시스벨은 기다리고 있었다.

자신이 유포한 헛소문을 곧이곧대로 믿은 자들이 함정에 걸려
들기를.

……나를 얕보지 마.

……시조님의 직계 후손의 능력을 어디 한번 뼈저리게 경험해봐.

등불의 성령은——.

시스벨을 중심으로 **반경 3,000미터**, 과거 **200년** 이내의 사건

을 재현한다.

"여기서 이야기하면 제3왕녀의 성령으로도 엿듣지 못할 거야."

등불의 성령에 관해 알고 있는 왕족들이 시스벨에게 안 들키려고 왕궁 바깥에서 대화한 내용도 시스벨은 전부 다 파악하고 있었다.

처음에는 사소한 호기심 때문이었다.

사람을 좋아하고 지적 호기심이 왕성한 소녀 시스벨은 순수하게 남들이 어떤 이야기를 나누는지 알고 싶어 했다.

그러나——.

소녀는 망가지고 말았다.

전지(全知)에 가까운 성령이 가져다주는 대량의 정보.

그중에는 열다섯 살 순진무구한 소녀가 감당하기에는 너무나 사악한 음모와, 상상을 초월하는 「괴물」의 존재도 포함되어 있었다.

그것은 이미 인간이 아니었다.

네뷸리스 황청의 왕가에 숨어 있는 괴물. 지금은 아직 인간의 가면을 쓰고 있지만, 때가 되면 그 가면을 벗고 정체를 드러낼 것이다.

이 나라를 여왕에게서 빼앗기 위해서.

……어마마마의 목숨이 위험하다.

……하지만 그 이야기를 했다가는 우선 나 자신의 목숨이 위험

해질 뿐이다.

그리고 네뷸리스 황청은 붕괴될 것이다.

제국군에 패배해서가 아니라. 여왕의 목숨을 노리는 자에 의해 붕괴될 것이다. 3대 혈족——루 가문도, 조아 가문도, 히드라 가문도 다 상관없었다.

결국 왕가 자체가 그 괴물에 의해 파괴될 것이다.

"……시스벨, 용기를 내세요. 내가 어마마마를 지켜야 합니다. 나 말고 누가 어마마마를 지킬 수 있단 말입니까!"

방구석에서.

시스벨은 오늘도 벌벌 떨면서 스스로에게 그런 이야기를 하고 있었다.

장녀 일리티아는 도움이 안 된다. 차녀 앨리스리제도 안 된다.

누가 진짜 흑막일지 모른다.

시스벨이 틀림없이 「적」이라고 확신하는 상대는 한 명이지만, 황청 내부에 또 몇 명이나 배신자가 숨어 있을지 알 수 없었다.

……앨리스 언니가 배신자일 경우가 가장 위험하다.

……앨리스 언니가 마음만 먹으면, 어마마마도…….

앨리스리제의 능력은 현재의 여왕을 능가할 정도였다.

여왕과 단둘이 있게 된 언니가 모반을 일으킨다면 쿠데타는 쉽게 성공할 것이다.

그래서 시스벨은 방에 틀어박혀 「은둔자」 노릇을 하고 있었다.

황청 밖으로 나가지 않는다. 일리티아 언니가 외부로 돌아다니고, 앨리스리제 언니가 전장에 나설 때에도 시스벨은 왕궁 밖으로 나가려고 하지 않았다.

오직 여왕을 지키겠다는 일념으로——.

"내가 어마마마 곁에 있으면 배신자들도 섣불리 손대지는 못할 테니까……."

어머니를 지키고 이 나라를 지킨다.

그것이 바로 시스벨이 누구에게도 말하지 못하는 결사적인 다짐이었다.

"……하지만……."

문을 걸어 잠그고 자기 방에 틀어박혀, 국가 전복을 꾀하는 배신자들을 홀로 찾아내기 위해 끊임없이 노력한다. 언제 자기 목숨이 위험해질지 알 수 없는 힘겨운 상황에서——.

그것은 열다섯 살 난 소녀에게는 너무나 가혹한 일이었다.

"아아, 제발. 누구 없어요……? 내 편이 되어줄 사람은 없나요……!"

손수건으로 입을 가리고 오열을 삼켰다.

누구 없나요.

딱 한 명이라도 좋으니까. 나를 도와줄 기사님. 어디 없나요……!

등불의 성령은 강력하지만 전투력은 전혀 없다. 지금 시스벨이 믿을 수 있는 유일한 상대는 어릴 때부터 자기 시중을 들어준 사람인데, 그는 나이도 많아서 전투에는 부적합했다.

시스벨의 전력은 거의 없는 거나 마찬가지였다.

"나의 강력한 아군은…… 도대체 어디 있는 걸까요……."

무서운 괴물과, 그와 연관된 배신자 일당. 그들에게 도전하려면 강력한 부하가 있어야 한다. 그러나 이 왕궁에 있는 부하들은 안 된다. 누가 배신자인지 판명되지 않은 이상, 함부로 도와 달라고 할 수는 없었다.

　"…………."

　자꾸만 떨리는 두 무릎을 스스로 감싸 안았다.

　"……나는…… 누구에게 도움을 청해야 할까요……."

　아군은 없다. 적어도 이 황청 안에는 없다.

　그래서일까.

　1년 전 그날.

　자신을 감옥에서 탈출시켜준 제국 병사가 저절로 떠올랐다.

　"너 같은 어린애까지 모조리 붙잡아서 감옥에 집어넣는 것은 좀 너무한 것 같아."

　사도성 이스카.

　그는 천제의 직속 부하임에도 불구하고, 마녀로서 붙잡힌 자신을 도와줬다.

　……그때 나는 성령의 힘을 숨기고 있었으니까.

　……한낱 무력한 마녀처럼 보였을까?

　그는 왜 나를 탈출시켰을까.

　그 이유는 지금도 모르지만. 문득 어떤 생각이 떠올랐다. 물에 빠진 사람이 지푸라기라도 붙잡으려고 하는 것처럼 허황된 공상을 하고 있다는 사실은 스스로도 알았지만, 그래도 생각하지 않을 수 없었다.

그 사람이라면——.

나를 해방시켜준 그 사람이라면, 나의 아군이 되어주지 않을까.

3

그리고 현재.

독립국가 알사미라 시가지에서——.

제3왕녀 시스벨은 놀라서 숨을 멈춘 채, 눈앞에 있는 그 사람을 쳐다보고 있었다.

"…………."

흑갈색 머리카락. 제국 병사답지 않게 차분하게 생긴 얼굴. 풍모는 자신의 기억과 일치했다. 1년 전에 만났던 제국의 사도성 이스카.

이곳은 제국의 영토가 아니다.

전투복이 아닌 사복을 입고 있어서 「혹시 비슷하게 생긴 다른 사람인가?」라는 생각도 들었지만.

"너는, **그때 만났던**……."

"!"

그 한마디를 들은 순간, 시스벨은 눈을 휘둥그렇게 떴다.

역시!

당신은 그때 만났던 그 사도성이군요!

이곳이 공공장소가 아니었다면 온 힘을 다해 그렇게 외쳤을 것이다. 그가 왜 여기 있는지는 중요치 않았다.

한 줄기 희망의 빛.

어쩌면. 아니, 자신에겐 이 검사 말고는 의지할 사람이 없었다. 그는 황청 바깥에 있는 사람들 중에서 시스벨과 면식이 있는 유일한 남자이므로.

──이이제이(以夷制夷).

황청에 숨어 있는 그 괴물과 맞서 싸우려면, 황청 외부의 괴물을 끌어들여야 한다.

제국의 최상위 전투원 「사도성」을.

"저, 저기요!"

긴장해서 목소리가 잘 나오지 않았다.

바싹 말라버린 입속에 든 말을 필사적으로 뱉어내려고 했는데.

"이스카 오빠, 오래 기다렸지?"

처음 보는 포니테일 소녀가 이쪽으로 뛰어왔다.

제국 검사와 아는 사이? 즉, 저 소녀도 제국 병사인가?

위험해.

"……!"

시스벨은 어금니를 꽉 깨물었다. 재빨리 이스카를 외면하고 교차로로 뛰어갔다.

제국 사람은 적이다. 그건 지금도 변함없는 사실이었다. 시스벨이 교섭하고 싶은 상대는 이스카 한 명이다. 다른 제국 병사까지 신용할 마음은 없었다.

……초조해할 필요 없어요.

……사도성 이스카가 여기 있다. 그 사실을 알아낸 것만 해도 엄청난 수확이니까요.

"아가씨!"

시스벨이 교차로를 다 건넜을 때, 검은 양복을 입은 시종의 목소리가 들렸다.

시스벨의 시중을 들어주는 남자 슈바르츠. 희끗희끗한 머리카락을 단정하게 정리한 노인이 숨을 헉헉 몰아쉬면서 이쪽으로 뛰어왔다.

"얼마나 찾아다녔는지 아십니까. 이 노구를 혹사시키지 말아주세요."

"……찾아냈어."

"네?"

"슈바르츠, 내 말 들어봐요! 드디어 찾았어요, 나에게 딱 맞는 이상적인 호위병을!"

시스벨은 당장 껴안을 듯한 기세로 양복 입은 노인에게 달려갔다.

차녀 앨리스리제에게 린이 있듯이, 시스벨에게도 이 노인이 있었다. 그는 어릴 때부터 시스벨을 돌봐준 시종이었다. 시스벨이 황청에서 유일하게 전폭적으로 신뢰하는 부하였다.

"아아, 이걸 어디서부터 설명하면 좋을지⋯⋯."

흥분을 가라앉힐 수 없었다.

허황된 망상이라고 생각했는데. 그 공상이 현실이 될 것 같았다. 아니, 이렇게 된 이상, 내가 반드시 현실로 만들 것이다.

"슈바르츠. 당신에게 당장 해주고 싶은 이야기가 있어요. 우선 호텔로 돌아갑시다."

시스벨은 노신사의 손을 붙잡자마자 성큼성큼 번화가를 가로질러 걸어갔다.

"밤이 되길 기다립시다. ⋯⋯꼭 성공시킬 거예요. 우리나라를 위해서."

차기 여왕은 나다.

시스벨 루 네뷸리스 9세가 어마마마와 나라를 지킬 것이다.

4

동쪽에 있는 광대한 사막에 얼음같이 차가운 바람이 휘몰아쳤다.

타오르는 저녁 해는 지평선 아래로 가라앉았고 밤의 장막이 하늘을 덮었다.

독립국가 알사미라의 번화가는 지금도 눈부신 네온사인으로 가득 차 있었지만, 그래도 대낮만큼 사람이 많지는 않았다.

관광객들은 대부분 호텔로 돌아가 잠이 들었을 무렵――.

"에취!"

"아가씨, 그래서 제가 말씀드렸잖아요. 사막의 밤은 춥다고."

"으, 응. 내가 좀 방심했나 봐……."

나란히 걷는 노인의 말에 소극적으로 동의했다.

시스벨은 가벼운 여행용 원피스 하나만 입고 온 것을 조금 후회하면서도 멈추지 않고 번화가를 빠르게 걸어갔다.

……언제나 따뜻한 왕궁 안에 틀어박혀 있었으니까.

……이렇게 늦은 밤에 거리를 걷는 게 도대체 몇 년 만일까.

사실 밤거리는 위험하다.

시종인 슈바르츠도 성령술사이므로 웬만한 문제는 해결할 수 있지만, 총으로 무장한 강도단과 마주치기라도 하면 좀 위험해질 것이다.

……이런 때에는 나도 강한 성령을 가지고 싶어진단 말이지.

……등불의 성령에 불만이 있는 것은 아니지만.

성령은 타고나는 것.

시조의 말예인 왕가에서도 개개인이 타고나는 성령은 크게 차이가 났다. 특히 전투에 적합한가, 적합하지 않은가 하는 면에서.

그리고 대대로 네뷸리스 여왕은 「전투에 적합한」 성령을 가지는 게 좋다고 알려져 왔다.

제국군의 침략에 맞서서 동포인 성령 부대를 지휘해야 하므로.

"내가 바꿀 거예요. 그런 과거의 낡은 관습은……."

차가운 바람을 받으면서 주먹을 꽉 쥐었다.

선명한 네온사인과 가로등 불빛으로 빛나는 거리를 계속 걸었다. 그리하여 시스벨이 마침내 도착한 곳은 어쩐지 익숙한 교차로였다.

——사도성 이스카와 마주쳤던 장소.

"다행히 통행인은 없군요. 다들 추워서 술집에 들어가 있나 봅니다."

"방심하면 안 돼요. 슈바르츠, 주변을 경계해줘요."

남에게 들키면 안 된다.

제국 영토 바깥에도 마녀를 두려워하는 일반인은 적잖이 존재하니까. 게다가 남에게 자기 능력을 공개해봤자 좋을 게 하나도 없었다.

"별이여, 그대의 과거를 나에게 보여줘."

성령의 빛.

시스벨의 쇄골 아래——정확히 가슴 근처에서 생겨난 빛이 얇은 원피스를 뚫고 흘러나와 밤의 허공을 비추었다.

빛이 모이더니. 마치 영사기처럼 한 소년의 영상을 허공에 그려냈다.

"이스카 오빠. 왜 그래?"

"……어, 아무것도 아니야. 슈퍼에 가서 장이나 보자. 가자, 네네."

흑갈색 머리카락을 지닌 소년이 포니테일 소녀의 등을 밀면서 걸어갔다.

그렇게 걸어가는 모습도 충실하게 재현할 수 있었다. 그 목적지까지 추적이 가능한 것도 시스벨의 성령의 강점 중 하나였다.

"이 사람입니까?"

"네. 가요, 슈바르츠."

걸어가는 이스카의 영상을 따라 이동했다. 혹시 남들이 이 영상을 보더라도 진짜 이스카가 길을 걷는다고 생각할 것이다.

……네네라는 소녀는 역시 제국 병사일까?

……그런데 이스카는 내 정체를 이야기하지 않은 것 같았다.

번화가를 걸어가는 이스카와 네네.

그들은 평화로운 대화를 나누면서 슈퍼마켓에 들어가 저녁밥 비슷한 것을 사더니 또다시 번화가로 나와 걸어가기 시작했다.

그동안 시스벨은 이스카가 자신에 관한 이야기를 할지도 모른다고 생각했는데.

"내가 마녀라는 사실을 말하지 않았구나. 역시 1년 전 그 사건은 정말로 그가 독단적으로 벌인 일인가 보네요."

마녀 탈옥 사건으로 인해 그는 사도성 지위를 잃었다.

다시 말해——.

처벌당한 사람은 이스카 한 명이었다.

그도 네네라는 소녀에게 1년 전 사건을 섣불리 이야기하지는 못할 것이다.

만약 네네가 마녀 탈옥 사건에 관해 알게 된다면, 네네도 그 사건의 공범으로 몰릴 가능성이 있으니까.

"젬릭 회사 계열의 호텔이군요."

이스카의 행선지는 그가 묵는 호텔이었다.

시종인 슈바르츠는 우뚝 선 거대한 빌딩을 쳐다보면서 조그맣게 중얼거렸다.

"오래된 호텔 기업입니다. 전 세계의 리조트에 일반 시민들을 위한 호텔을 지어서 경영하고 있죠. 호텔 등급은 중상 정도입니다."

"제국 병사가 개인적으로 관광을 와서 묵기에 적합한 숙소라는 거예요?"

"네. 그들이 제국 사령부의 밀명을 받고 왔다면, 이보다 더 나은 고급 호텔을 선택했을 겁니다. 아니면 제국 계열의 호텔을 고르든가."

그렇지 않다는 것은.

이스카가 임무를 수행하러 이 나라에 온 게 아니라는 뜻이다.

"잘됐네요. 슈바르츠, 그럼 계획대로 합시다."

"아가씨. 정말 혼자서 괜찮으시겠습니까?"

"네. 나 혼자 교섭을 하고 싶어요. 여럿이 만나면 그도 경계할 테니까."

무력한 소녀가 혼자 등장해야지만 이번 교섭에 설득력이 더해질 것이다. 여기서 경험 많아 보이는 남자가 동석한다면 이스카도 의심할 게 뻔했다.

……이런 밤중에 이성의 방에 숨어들다니.

……실은 나도 부끄러워서 얼굴이 빨개질 것 같지만.

각오를 다지고 호텔 로비로 향했다.

성령의 재현 능력으로 이스카가 들어간 방의 번호를 알아냈다. 그 방에 그가 혼자 들어갔다는 사실도 확인했다.

호텔 4층.

고요한 복도를 따라 소리 죽여 이동했다.

"여기예요……."

문의 감지기에 카드키를 가져다 댔다.

시스벨이 이스카의 애인인 척하면서 호텔 종업원에게 거금을 쥐여 주고 손에 넣은 카드키였다.

──문이 열렸다.

숨죽이고 문손잡이를 잡았다. 그리고 천천히 문을 밀었다.

통로는 어두웠다. 안쪽의 거실도 불이 꺼져 있었다. 이미 잠든 걸까?

……다행이다.

……그가 아직 깨어 있어서, 문을 열자마자 들키는 것보다는 훨씬 나았다.

시스벨은 손으로 더듬더듬하면서 통로를 걸어갔다.

이윽고 어둠에 눈이 좀 익었다. 그대로 안쪽에 있는 침대로 다가갔다.

"어…… 저기……."

내가 「이스카」라는 이름을 부르면 그는 깜짝 놀랄까?

잠자는 그에게 뭐라고 말을 걸면 좋을까. 시스벨은 할 말을 못 찾고 내심 우왕좌왕하면서 일단 침대를 향해 손을 내밀었는데——.

"자객이냐?"

……?

그의 목소리가 등 뒤에서 들렸다. 어째서일까?

그 의문을 제대로 인식하기도 전에 어떤 충격이 어깨를 강타했다. 시스벨의 눈에 비친 풍경이 한 바퀴 빙글 돌았다. 한순간 정신이 아득해졌다.

"?!"

어느새 시스벨은 바닥의 카펫 위에 쓰러져 구속당해버렸다.

똑바로 누운 시스벨 위에 누군가가 걸터앉아 있었다.

"어디 소속이야? 황청? 아니면——."

"아, 아니에요! 오해입니다! 저는 나쁜 짓을 하러 온 게 아니에요!"

상대는 자기 밑에서 꼼짝도 못하는 시스벨의 목을 손으로 누르고 있었다.

시스벨은 유일하게 자유로운 입을 움직여 필사적으로 외쳤다.

"당신을 만나러 온 것뿐이에요. 사도성 이스카, 당신에게 부탁하고 싶은 게 있습니다!"

"……?"

불이 켜졌다.

시스벨을 구속하고 있는 소년의 모습이 거실 불빛을 받아 드러났다.

낮에 입었던 것과 똑같은 사복.

이 늦은 밤에 잠자리에 들기는커녕 아직 씻지도 않았나 보다.

"어? 너는⋯⋯."

"1년 만에 뵙네요."

이스카는 얼빠진 표정을 지었다.

시스벨은 자신을 구속하는 힘이 약해진 것을 확인하자, 긴장했다는 사실을 들키지 않으려고 일부러 활짝 웃으며 입을 열었다.

"사도성 이스카. 당신에게 부탁하고 싶은 것이 있습니다."

바닥에 쓰러진 채.

이쪽을 내려다보는 소년을 향해 말했다.

"저와 함께 황청으로 와주실 수 없나요?"

Intermission
『세 자매』

the War ends the world /
raises the world

1

　제도 융메룽겐──.

　제국의 수도로서 아마도 이 세상에서 가장 유명한 장소.

　시조 네뷸리스의 반란에 의해 한 번은 초토화되었는데. 그 후 불사조처럼 부활한 이 강철 도시에 천제(天帝)는 자기 이름을 하사했다고 한다.

　제도 제2지구.

　제도에서 가장 번화한 상업지구. 그곳에 있는 레스토랑『파우더 베이스(화약 기지)』에 덩치 큰 남자 한 명이 나타났다.

　한 명? 아니, 짐승 한 마리 같기도 했다.

　키가 2미터가 넘는 거구. 울룩불룩한 근육 갑옷으로 뒤덮인 그 온몸은 아무리 봐도 중량이 100킬로그램은 훌쩍 넘을 것 같았다. 방금 탈옥한 죄수처럼 너덜너덜해진 의상. 머리는 후드로 완전히 가리고 있었다.

　──슬렁슬렁.

　레스토랑 안에 있는 손님들이 동요했다. 그러나 그 덩치 큰 기이한 사나이는 신경도 쓰지 않고, 반쯤 겁에 질린 웨이트리스한 테서 비닐봉지를 받아 가게를 떠났다.

이어서 공원으로 갔다.

한낮에 공원에서 놀고 있던 아이들은 깜짝 놀라 얼굴이 굳어져 버렸다. 그러나 그는 개의치 않고 안쪽에 있는 벤치에 가서 앉았다.

"…………."

묵묵히 봉지에서 빵을 꺼내 먹기 시작했다.

조그만 빵 하나.

커다란 몸집에 어울리지 않게 너무 적은 양이었다. 상식적으로 본다면 저만한 음식으로 저런 근육질 육체를 유지하는 것은 불가능해 보였다.

그러나.

사도성 서열 제9위 『천옥(天獄)』 스태출에게는 이 정도가 섭취 가능한 에너지의 **최대치**였다.

──과도한 열량 변환.

뭔가를 섭취해서 얻은 열량의 변환 효율이 보통 사람의 열 배 이상이었다. 보통 사람과 똑같이 음식을 먹으면, 칼로리를 **지나 치게 섭취해서** 육체가 끝없이 부풀어 오르게 된다.

──천혜의 근육 증강제.

육체를 단련할 필요가 없었다.

보통 사람이 「육체 단련」을 하는 것처럼 단련했다가는, **지나치 게 단련된** 육체가 저절로 파괴되어버린다.

육지로 올라온 고래가 자기 무게를 못 이겨 무너지는 것과 똑같은 현상이 이 남자의 육체에도 일어날 수 있는 것이다.

온갖 도핑의 효과를 능가하는 근육 성장 작용을 가진 둘도 없는 육체.

"스태출 군. 오랜만에 일광욕을 하는 건가."

그 커다란 사나이에게——.

누군가가 벤치 뒤에서 말을 걸었다. 수염을 기른 중년 남성이었다.

눈앞의 거대한 남자와는 정반대로 마른 나뭇가지처럼 여윈 몸. 바람만 불어도 부러질 듯한 그 어깨에는 마치 연구원 같은 백의가 걸쳐져 있었다.

"두 달 만에 지상에 나와서 햇빛을 받아본 소감이 어때?"

"……눈부셔."

지면이 흔들릴 정도로 박력 있는 목소리.

"……그리고 너무 더워."

"그 점에 관해서는 자기 육체를 원망하도록 해. 하지만 그것도 뭐, 괜찮지 않아? 그 냉동고같이 추운 『감옥』 안에서 그렇게 얇은 옷 하나만 입고 버틸 수 있는 사람은 아마 자네밖에 없을걸?"

천옥——.

제국이 포획한 마녀와 마인을 가둬두는 지하 감옥. 스태출은 그곳을 지키는 문지기였다.

"넌 뭐냐……?"

"응? 나?"

"단순히 산책하려고 나온 건 아닐 테지. 무슨 일로 온 거냐."

사도성 서열 제10위 서(Sir) 칼로소스 뉴턴 연구실장.

제도 제3지구에 존재하는 병기 개발부에서 가장 불건전한 연구원으로 알려진 인물이었다.

"하하, 그냥 잡담이나 하러 왔어."

"…………."

"순혈종 마녀. 그것도 네뷸리스 여왕의 딸인 왕녀가 자기 나라를 떠나 혼자서 멀리 외출했다고 한다."

"혼자서?"

"시종이 한 명 따라갔을 뿐이야. 호위병이 없다는 점에서는 혼자나 마찬가지지."

스태출이 앉아 있는 벤치에 슬쩍 기대는 연구실장.

"우리에게 넘겨주겠다고 했어."

"…………."

"참고로 이 정보는 황청 내부에서 흘러나온 거다. 누가 밀고했는지 매우 궁금하지만, 팔대사도는 적당히 얼버무리고 넘어가더군. 궁금하면 사도성인 네 능력으로 스스로 밝혀내라던데."

"……그놈들다운 짓이야."

"뭐, 그건 그렇고. 그 마녀를 잡으려면 머리를 좀 굴려야 해."

깡마른 남자가 마치 연기하듯이 한숨을 푹 내쉬었다.

"장소가 좋지 않아. 그곳은 알사미라라는 사막의 관광지인데.

이런 일이 없고서야 우리하고는 평생 인연이 없을 만한 장소지. 그런데 사령부가 그곳에 병사를 파견하는 것을 반대하고 있어."

"속국 아니야?"

"속국은 무슨. 동맹국이라고 해야지. ……아무튼 안타깝게도 그곳은 완벽한 독립국가야."

독립하긴 했지만 실질적으로는 제국의 지배하에 있는 나라가 「속국」.

독립한 상태에서 입장상 대등한 관계에 있는 나라가 「동맹국」.

그리고 전자는 존재하지 않는다는 것이 제국의 공식 견해이다. 마녀를 멸하고 세계를 정화하기 위한 협력 관계일 뿐, 상하 관계는 아니라는 것이다.

그러나──.

방금 천옥의 문지기가 했던 말이야말로 제국 측의 속마음일 것이다.

"그곳으로 출병하기는 쉽지 않아. 만에 하나라도 큰 문제가 생기면 대응하기 어렵거든."

리조트를 전쟁터로 만들면 다른 나라들이 일제히 비판할 것이다.

100년 전 초강대국이었던 제국이라면 그런 비판도 가볍게 묵살했을 테지만, 지금은 네뷸리스 황청에게 허점을 보여주고 싶지 않았다.

"실은 제8위 네임리스에게 잘 어울리는 임무지만. 그는 지금 황청 침입 임무를 수행하느라 바빠. 그래서 포획 병기를 쓰면 어떨까. 왜, 그거 말이야. 네가 관할하는 천옥에 실험용으로 탑재된 게 있잖아?"

"……『마녀사냥』 말인가."

"그래, 그걸 빌리고 싶어. 그 병기는 제국에서 제조되었다는 증거가 없으니까. 목격담이 좀 나오더라도 얼마든지 묵살해버릴 수 있어. 이번 포획에는 안성맞춤이지."

"그 대가는 만만치 않을 텐데."

"알아. 괜찮아."

연구자는 만족스럽게 고개를 끄덕였다.

"순혈종이라니. 도대체 어떤 마녀가 잡혀올지 기대되는군."

2

100년 전.

네뷸리스 1세——시조 네뷸리스의 쌍둥이 여동생은 제국군과 싸우느라 지친 언니를 대신해서 성령술사들을 통솔하여 황청을 건국했다.

이 초대 여왕의 피를 이어받은 자들이 3대 혈족.

루 가문, 조아 가문, 히드라 가문.

제국이 「순혈종」이라고 부르면서 특별히 경계하는 것도 이 3대 혈족이었다.

"슬프구나…… 참으로 슬픈 일이야."

연결 복도에 울려 퍼지는 남자 목소리.

검은 옷을 입고 가면을 쓴 남자가 극적인 몸짓으로 천장을 우러러봤다.

"루 가문, 조아 가문, 히드라 가문. 이토록 강력한 혈족이 존재하는데도 어째서 제국과 싸우기 위해 힘을 합치지 못하는 걸까. 위대한 시조님, 그리고 초대 여왕님의 의지를 이어받은 동지임에도 불구하고."

네뷸리스 왕궁 달의 탑.

현 여왕과 앨리스를 비롯한 루 가문의 왕족들이 살고 있는 「별의 탑」과는 200미터 이상이나 되는 연결 복도로 이어져 있는 조아 가문의 성.

그곳의 홀에서.

"별(루)의 탑. 달(조아)의 탑. 태양(히드라)의 탑. 각자 자기 탑에 틀어박혀서, 공적인 일이 있을 때만 제외하면 전혀 교류하려고 하지도 않아. 참으로 안타까운 일이지. ……그러나."

가면 경(卿) 온.

조아 가문의 일원. 진정한 순혈종인 이 남자는 가볍게 말을 이었다.

"현재 상황이 이러한데도 자네만은 언제나 인사를 하러 와주는군."

"환영해주시는 겁니까?"

"물론이지."

가면 경은 냉소인지 환희인지 모를 야릇한 미소를 지으면서 고개를 끄덕였다.

달의 탑에 찾아온 한 왕녀를 향해서.

"루 가문의 장녀인 자네가 이렇게 찾아와주지 않았나. 진심으로 환영하네."

"어머나, 감사합니다."

구불구불 굽이치는 머리카락은 더없이 아름다운 금빛 에메랄드그린이었다.

차녀 앨리스보다도 주먹 하나만큼 더 큰 키. 앨리스보다도 한층 더 성숙해진 가슴은 당장이라도 드레스 위로 넘쳐 흘러나올 듯한 박력이 있었다.

온화한 그 미소에서도 차분한 성인의 기품이 느껴졌다.

앨리스가 소녀에서 숙녀로 자라는 도중이라면, 이 왕녀는 이미 숙녀의 완성형에 도달한 것처럼 보였다.

"일리티아 군, 오랜만이야. 어제 원정을 마치고 돌아왔다던데."

"네, 오랜만입니다. 가면 경."

일리티아 루 네뷸리스 9세.

루 가문의 세 자매 중 첫째인 이 숙녀는 드레스 자락을 부드럽게 들어 올리면서 인사했다.

올해 스무 살이 된 처녀. 훌륭한 기품과 미모를 겸비한 이 왕녀는 차녀인 앨리스와 더불어 콘클라베의 가장 유력한 후보자로 꼽히는 왕위 계승권자였다.

──다시 말해.

──차기 여왕이 되고자 하는 조아 가문을 위협하는 가장 위험한 적수였다.

게다가.

반년 동안 원정을 떠나서 성을 비운 사이에 그 성숙한 매력이 한층 강해진 것처럼 보였다. 아마 가면 경 혼자만 이렇게 느낀 것은 아니리라.

"가면 경을 뵙고 싶어서 일부러 돌아왔습니다."

"오, 기쁘군. 그런데 자네의 빼어난 미모가 자꾸만 젊은이들을 유혹하는 것 같아. 모처럼 왔으니, 응접실에 가서 천천히 이야기나 나눠보지 않겠나?"

그건 빈말이 아니었다.

복도를 지나가는 조아 가문의 고용인들이 일리티아의 선정적인 몸매와 미모를 보고 저도 모르게 멈춰 서서 뚫어져라 쳐다보고 있었으니까.

젊은 남자들뿐만 아니라 소녀들까지 홀리는 마성의 아름다움이었다.

"자, 이리 오시게."

"네, 감사합니다. 그런데 당신과 친한 키싱 양은 지금 어디에 있나요? 그 아이와도 오랫동안 만나보지 못했으니까요. 인사를 하고 싶은데요."

"아, 미안하지만 그 아이는 여전히 낯가림이 심해서 안 돼. 난 감하다니까."

키싱 조아 네뷸리스.

조아 가문이 자랑하는 비밀 병기는 아직 조정 중. 지금은 정신이 불안정한 시기여서 남에게 보여줄 수 없었다.

하긴, 실은 안정기였어도 루 가문에게 보여줄 생각은 없지만.

그들은 응접실로 갔다.

"당장 음료수를 내오도록 하지. 커피? 아니면 홍차로 할까?"

"물을 주세요."

"물? 취향이 좀 색다르게 변했네?"

"네, 원정의 후유증이죠."

일리티아는 뺨에 손을 대면서 쑥스럽다는 듯이 쓴웃음 지었다.

"여러 도시에 인사하러 다니면서 그 지방의 홍차와 커피는 많이 마셨거든요. 그래서 귀국한 후에는 한동안 자극이 적은 음료수만 마시고 싶어진답니다."

"아, 그렇군. 좋아. 물을 준비해줘."

그러자 동석했던 시종이 공손하게 인사하고 나서 방 밖으로 나갔다.

문 닫히는 소리를 확인한 뒤──.

"그래, 실은 자네의 원정에 관한 이야기도 듣고 싶군."

가면 경이 맞은편 소파에 앉았다.

"이번에는 평소보다 더 오랫동안 여행을 했잖은가? 거의 반년이나 국외로 나가 있었으니. 여왕님도 걱정하셨을 것 같은데?"

"이미 익숙해져서 괜찮습니다. 게다가 이것도 왕녀가 해야 할 일이니까요."

시조의 혈통은 모든 성령술사들의 동경의 대상이다.

따라서 제1왕녀 일리티아가 방문한다면, 네뷸리스 황청의 변경에 사는 자들은 모두 나와서 환영할 것이다.

──그리고 콘클라베의 지지자가 늘어난다.

국내와 국외를 불문하고 일리티아를 지지하는 유력자의 숫자가 나날이 증가하고 있다는 것은 조아 가문과 히드라 가문도 잘 아는 사실이었다.

"그래서 좋은 성과를 거두었나?"

"네. 이번 원정을 통해서, 변경 지대의 불안감을 좀 더 확실하게 실감할 수 있었습니다. 중앙주는 안전하더라도 다른 주는 언제 제국의 습격을 받을지 몰라 두려워하고 있더군요."

"……아, 하긴. 샐린저 사건도 있었으니."

"제국군이 샐린저를 탈옥시켰다는 소식을 듣고 저도 진심으로 놀랐습니다. 제국군이 어떻게 우리나라의 국경을 돌파한 걸까요. 모두들 불안해하고 있습니다."

어두운 표정으로 고개를 설레설레 흔드는 일리티아.

정말 **뻔뻔하군**.

사실 가면 경은 "(콘클라베 지지자 확보 운동을 해서) 좋은 성과를 거두었나?"라고 물어본 것이었다.

그 숨은 의도를 알아채지 못했을 리 없었다.

아마 차녀 앨리스리제였다면 "나는 그러려고 원정을 나간 게 아닙니다!"라고 강하게 반발했을 것이다. 그러나 장녀 일리티아는 낯빛 하나 바꾸지 않고 자연스럽게 다른 화제로 넘어가버렸다.

"…………."

"어머나, 왜 그렇게 웃으세요? 즐거워 보이시네요."

"아니, 뭐. 만약 앨리스 군이었다면 뭐라고 대답했을까? 하고 상상해봤을 뿐이야."

"어머. 가면 경께서는 그 아이에게 관심이 있으신가요?"

그렇게 말하는 일리티아 본인도 가면 경만큼이나 의미심장한 미소를 짓고 있었다.

"마침 잘됐네요. 좀 전에 가면 경께서 말씀하셨죠. 시조의 피를 이어받은 세 혈족이 어째서 힘을 합쳐 제국에 대항하지 않느냐고요."

"맞아, 그랬지."

3대 혈족이 완전히 합심해서 제국을 공격한다면 제도를 다시 불바다로 만드는 것도 불가능하지는 않을 것이다.

——단, 그러려면 엄청난 희생을 치러야 한다.

그 희생을 기피하는 것이 현 여왕이 이끄는 루 가문. 그들은 제국과의 전쟁에서 이 나라를 지키면서 동지인 성령 부대의 희생을 최소한으로 줄여왔다.

한편 조아 가문은 과격파였다.

온갖 희생을 무릅쓰고 제국을 괴멸시켜야 한다는 전투적인 사상.

세 번째 가문인 히드라 가문은 중도파였다. 그들은 루 가문과 조아 가문의 왕위 쟁탈전에 휩쓸리면서도 어느 시대의 여왕에게나 유연하게 대처해왔다.

"실은 저도 그렇게 생각합니다. 콘클라베 문제는 제쳐두고."

"흐음?"

무슨 뜻일까.

가면 경이 물어보기도 전에 일리티아가 굽이치는 금빛 머리카락을 손가락으로 살짝 훑으면서 말했다.

"가면 경. 긴히 상담하고 싶은 문제가 있습니다."

그야 그렇겠지. 뭔가 명확한 이야깃거리도 없이 루 가문의 왕녀가 일부러 조아 가문을 방문할 리 없으니까.

"제 이야기를 들어주시겠어요?"

"물론이지. 자네가 일부러 여기까지 와줬는데. 자네만 괜찮다면, 나는 기꺼이 도와주고 싶어."

"어머나, 말씀 감사합니다. 그러면——."

에메랄드빛 머리카락을 지닌 왕녀가 앉은 채 몸을 앞으로 쑥 내밀었다.

풍만한 가슴을 보여주면서 유혹하는 듯한 자세. 그러나 가면 쓴 남자는 당연히 그런 일리티아를 보고도 동요하지 않았다.

"단도직입적으로 여쭤보겠습니다. 이 나라에서 몰래 제국과 교류하는 자가 있다는 사실은 알고 계십니까?"

"가능성 중 하나로서는 고려하고 있어. 지금 그 꼬리를 잡으려고——."

"그게 제 동생들입니다."

고귀한 미소와 더불어.

왕녀는 강렬한 색향을 발산하면서 그렇게 말했다.

"……방금 뭐라고 했나?"

가면 경은 그답지 않게 딱딱해진 말투로 대꾸했다.

순수한 경악의 감정을 담아.

"일리티아 군."

"다시 한 번 말씀드릴게요. 제 여동생들이 제국과 접촉하려 하고 있습니다. 차녀 앨리스와 삼녀 시스벨. 이 두 사람입니다."

테이블에 손을 대고.

루 가문의 왕녀는 가면 쓴 남자를 가만히 쳐다봤다.

"지금은 접촉을 했을 뿐이고, 아직 제국의 앞잡이가 되지는 않았습니다. 그러나 조만간 이 나라를 배신할 게 틀림없습니다."

"……확실한가?"

"저의 왕위 계승권을 걸고 보증합니다."

"…………."

가면 경이 추려낸 **용의자 후보** 가운데 루 가문의 왕녀 두 명은 없었다.

"그런데 어디서 그 정보를 입수했나? 왕궁 바깥에 있었던 자네가 얻을 수 있는 정보는 한정되어 있었을 텐데."

"어머, 왜 이러세요. 정보원은 당연히 비밀이죠."

더없이 태연하게.

왕녀는 매끄러운 뺨에 손을 대고, 긴박감이 다 사라질 만큼 순진한 태도로 대답했다.

"제가 몇 년에 걸쳐 구축한 지반입니다. 쉽게 가르쳐드릴 수는 없어요."

"……그렇군. 실례했네."

가면 밑에서 쓴웃음을 지었다.

여기서 자신만만하게 자기 패를 다 보여준다면 왕녀로선 실격이다. 그래, 이 정도는 되어야지. 조아 가문과 대립하는 루 가문의 장녀 일리티아.

이러지 않으면 콘클라베도 재미가 없어지니까.

"좋아. 그래서? 내가 뭘 할 수 있다는 건가?"

"저, 우선 솔직히 말씀드리자면. 저는 정말로 고민하고 괴로워하고 있습니다. 설마 그 아이들이 어마마마를 배신하려고 할 줄은 몰랐거든요."

아름다운 왕녀의 입술에서 흘러나오는 우울한 한숨.

왕녀는 눈을 감고 고개를 숙이며 말을 이었다.

"사랑하는 동생들이 이런 만행을 저지르다니…… 순리대로 하자면 그 잘못을 바로잡는 것이 언니의 역할일 테지요. 그러나 저는 그 아이들을 사랑합니다."

"…………."

"결정적인 순간에 올바른 판단을 하지 못할지도 모릅니다. 그래서 가면 경께 부탁드리고 싶습니다."

"흠, 그래. 알았다."

그는 고개를 크게 끄덕였다.

"자네 대신 그들의 행로를 지켜봐줄 사람이 필요하다는 뜻이군."

"……네, 송구하지만 바로 그렇습니다."

슬픈 듯이 머리를 숙이는 일리티아.

계속 아래만 보면서 결코 보여주지 않는 그 얼굴에 떠오른 표정은 무엇일까. 통곡?

아니면 악마의 미소?

──일리티아가 원하는「루 가문과 조아 가문의 협력」이란.

──다시 말해 일리티아와 가면 경의 공모다.

머잖아 개최될 콘클라베.

여기서 일리티아의 친자매인 제2왕녀와 제3왕녀는 일리티아에게 방해가 된다.

그리고 가면 경 입장에서도, 이것은 루 가문의 세 자매 중 두 명을 콘클라베에서 탈락시킬 수 있는 기회였다. 두 사람이 원하는 바가 일치한 것이다.

"일리티아 군. 지금까지 용케 잘 참았구나. 괴로웠지?"

그는 고개 숙인 왕녀의 손을 꼭 잡았다.

"고개를 들려무나. 그리고 뒷일은 나에게 맡겨."

"……그렇다면……."

"자네 부탁을 들어주겠네. 지금 시스벨 군이 국외로 나갔다는 소식도 들었으니까. 내가 직접 시스벨 군을 쫓아가 진상을 확인해보도록 하지."

"감사합니다."

고개를 든 왕녀는 붉어진 눈을 곱게 접으며 웃었다.

우는 척한 걸까?

아니면 정말로 두 동생을 걱정한 걸까?

둘 중 무엇인지는 몰라도, 어느 쪽이든 조아 가문의 행동에는 아무런 영향도 주지 않는다.

"우리 협력하자. 제국을 물리치기 위해. 그러기 위해서라도 제국과 관련된 자들을 우리 힘으로 반드시 찾아내야 해."

"네. 부디 제 동생들을 잘 부탁드리겠습니다."

———

같은 시각.

네뷸리스 왕궁 별의 탑——.

현 여왕을 비롯한 루 가문이 살고 있는 탑. 그곳의 자기 방에서 앨리스는 지쳐서 숨넘어갈 듯한 상태로 소파 위에 쓰러져 있었다.

"진이 다 빠졌어……."

기진맥진.

손가락 하나 까딱하기는커녕 숨쉬기조차도 귀찮을 정도로 지쳐버렸다.

"······흑. 내가 이렇게 날마다 고생해야 하다니."

눈물이 찔끔 나왔다.

아침부터 밤까지 「왕녀의 중책」이란 명목의 잡무만 처리하느라 바빴다. 재미도 보람도 전혀 없었다. 내가 왜 이렇게 고통 받아야 하는 걸까.

"나 그냥 왕녀 때려치울까······."

"내일은 아침 다섯 시부터 여왕의 방에서 접견을 하셔야 합니다. 대신들과, 외국에서 온 빈객들 스무 명. 전원에게 해줄 인사말을 미리 생각해두세요."

"린. 넌 피도 눈물도 없니?!"

"그게 무슨 말씀이세요. 이렇게 앨리스 님을 위로해드리려고 어깨와 등을 주물러드리고 있잖아요."

엎드려 있는 앨리스.

그 위에 올라탄 린이 앨리스의 어깨와 허리를 정성껏 마사지해주고 있었다.

"흑······ 열일곱 살밖에 안 된 왕녀가 어째서 어깨 결림 때문에 고생해야 하는 걸까······?"

"직업병이죠."

계속해서 앨리스를 마사지해주는 시종.

"이제 목욕하고 푹 쉬세요."

"······응, 알았어."

"내일은 아침 네 시에 깨울 겁니다."

"꼭 그런 사족까지 덧붙이고 싶니?!"

양손으로 귀를 막고「듣기 싫어!」란 포즈를 취했다.

아, 좋아. 나 결심했어. 내일은 무슨 일이 있어도 쉴 거야. 린이 깨우러 들어오지 못하도록, 밤중에 내 방 창문과 문을 모조리 얼려버리면…….

그런데 그때.

──딸랑.

가벼운 종소리가 울려 퍼졌다.

이 밤중에 누구일까? 잠깐 그런 생각을 했는데, 그 직후 문 밖에서 들려온 목소리를 듣고 앨리스는 당황하여 소파에서 벌떡 일어났다.

"앨리스."

"어, **어마마마**?! 린, 어, 어서 문 열어!"

"아, 알겠습니다!"

린이 서둘러 문을 열었다.

밀라베어 루 네뷸리스 8세.

연한 보라색 드레스를 입은 여왕. 앨리스의 친어머니인 이 여성은 호위병도 없이 혼자서 문 앞에 서 있었다.

"여왕 폐하. 이, 이렇게 늦은 시각에 어쩐 일이십니까?!"

"볼일이 있어서 왔습니다. 앨리스. 이리 오세요."

여왕이 손짓했다.

방 밖으로 나오라는 뜻이었다.

"어마마마. 무슨 일이세요?"

"두어 가지 할 이야기가 있습니다."

다소 낮은 목소리였다.

"보고해야 할 것이 하나, 상담하고 싶은 것이 하나. 둘 중 무엇부터 듣고 싶나요?"

"_____."

린을 향해 살짝 눈짓했다.

불길한 예감이 들었다. 이런 말투는 어머니가 상대에게 마음의 준비를 시키려고 할 때 자주 쓰는 화법이었다.

……좋지 않은 이야기라는 뜻이다.

……한밤중에 혼자서 여기까지 찾아오신 것만 봐도 알 수 있었다.

"어마마마께서 편하신 대로 말씀해주세요."

"좋아요. 그럼 보고부터 하겠습니다. 앨리스, 당신이 알카트루즈에서 체포한 마인에 관한 이야기입니다."

"……그 남자요?"

초월의 마인 샐린저.

타인의 성령을 빼앗는 아주 위험한 「수경」의 성령을 지닌 남자.

30년 전에 아직 젊었던 여왕 밀라베어에 의해 체포되었는데, 최근에 그 남자가 탈옥을 시도하는 사건이 발생했다.

약 열흘 전에 일어난 일이다.

"감옥탑에서 탈출하기 직전에 그 남자를 막아낸 것. 그것은 훌륭한 공적이었어요. ……린, 당신도 수고했어요."

"처, 천만의 말씀입니다!"

린이 꼿꼿이 허리를 펴면서 대답했다. 그런데 그 목소리는 어쩐지 기운이 없었다. 왜냐하면 그때 린은 남의 도움을 받았으므로.

"──이번 한 번만."

"도와줄게. 저 백발 남자가 앨리스의 적이지?"

이스카가 없었다면 마인을 막아내지 못했을 것이다. 여왕도 설마 그 사건에 제국 병사가 관여했을 거라고는 꿈에도 생각지 못할 테지만.

"어마마마. 그런데 그 사건에 무슨 문제라도 있나요?"

앨리스 입장에서는 이미 다 끝난 사건이었다.

마인 샐린저는 감옥탑에서 떨어져 간수들에게 붙잡혔다. 그날 밤 다른 감옥탑으로 연행되어 다시 감옥에 갇혔다.

"빈껍데기만 남았다고 합니다."

여왕의 그 말뜻은──.

"어마마마, 그게 무슨 말씀이세요?"

"그 남자를 수용한 감옥탑에서 방금 전에 연락이 왔습니다. 그때 간수들이 데려온 것은 성령술로 정교하게 만들어놓은 인형이었다고 합니다."

"그, 그게 정말입니까?!"

린이 놀라서 소리를 질렀다.

"저와 이스카가…… 아니, 앨리스 님이 죽을힘을 다해 제압했는데, 간수들이 그토록 쉽게 적의 술수에 넘어가 그놈을 놓쳤다고요?!"

"그 마인은 원래 그런 놈입니다. 간수들을 탓할 수는 없어요."

여왕이 한숨을 푹 내쉬었다.

언제나 의연한 여왕의 태도와는 전혀 다르게 우울한 한숨이었다.

"현재 그놈의 행방을 찾고 있는 중입니다. 여러분 모두 기억해 두세요. 다음에 그 남자는 이 왕궁에 나타날지도 모릅니다."

"명심하겠습니다."

그런데 앨리스가 만약 샐린저였다면 곧바로 왕궁으로 쳐들어오지는 않을 것이다.

……그도 이스카에게 패배할 줄은 몰랐을 테고.

……그 패배로 인해 마인도 기세가 좀 꺾였을 테니까.

경계심이 강해졌을 것이다.

왕궁으로 들어오더라도 우선 신중하게 기회를 노릴 것이다.

"어마마마, 혹시 상담하고 싶으신 것도 샐린저에 관한 문제인가요?"

"아뇨. 그건 전혀 다른 문제입니다. 가족에 관한 일이지요. 저와 함께 갑시다. 린도…… 그래요, 당신도 같이 갑시다."

네뷸리스 8세가 복도 저 너머를 향해 눈짓하더니 곧바로 복도를 걷기 시작했다.

앨리스는 린을 보고 고개를 끄덕였다. 그리고 즉시 어머니를 따라갔다.

"어마마마, 어디로 가시는 거예요?"

"아마 당신도 어렴풋이 알 텐데요."

여왕이 뒤를 돌아보고 손바닥을 펼쳤다. 매우 복잡하고 정교하게 제작된 수정 열쇠가 손바닥 위에 놓여 있었다.

앨리스의 방 열쇠와 흡사하지만, 재료로 쓰인 보석이 달랐다.

"시스벨 님의 방 열쇠군요."

린이 먼저 대답했다.

"시스벨 님은 엊그제 아침부터 국외로 나가셨을 텐데요."

"네. 그래서 제가 열쇠를 보관하고 있습니다."

복도를 따라 이동했다. 열쇠가 증명해줬듯이 여왕의 목적지는 시스벨의 방인 『거울의 방』이었다.

그 방문 앞에 서서——.

"앨리스. 요즘 그 아이를 어떻게 생각하나요?"

"네?"

예상치 못한 질문에 당황하여 말문이 막혔다.

늘 자기 방에 틀어박혀 나오지 않는다. 가끔 복도에서 마주쳐도, 마치 도망치듯이 고개를 홱 돌리고 얼른 떠나가 버린다.

……솔직히 말해서 요즘 시스벨은 좀 기분 나쁜 구석이 있었다.

……수상하고, 정이 안 갔다.

이건 분명히 친동생에게 느낄 만한 감정은 아니었다. 그리고 앨리스는 치사하게 본인이 없는 곳에서 악담을 하고 싶지도 않았다.

그렇기 때문에.

"수상하다고 생각하지 않나요?"

"……!"

어마마마의 말을 듣고 앨리스는 자신의 귀를 의심했다.

옆에 서 있는 린도 깜짝 놀라 여왕의 얼굴을 뚫어져라 응시했다.

"나는 여왕입니다. 당신도 시스벨도 이 왕가에 걸맞은 품격 있는 사람이 되기를 바라고 있습니다. 그런데 나는 또 당신들의 어머니이기도 해요."

여왕은 갑자기 쑥스러운 듯이 그런 말을 했다.

어머니와 여왕. 양립할 수 없는 두 가지 입장 때문에 괴로워하는 한 여성이 그곳에 서 있었다.

"현재 시스벨은 신하들에게 신뢰를 받지 못하고 있습니다. 콘클라베에서 승리하기는 어려울 테지요. 그건 어쩔 수 없는 일입니다. 그런데 나는 어머니로서 딸을 훌륭한 성인으로 키워야 할 의무가 있습니다."

"……그래서 이 방에 오신 거예요?"

"네. 그 아이가 매일 이곳에 틀어박혀서 무엇을 하는지 확인하고 싶습니다."

어머니로서.

앨리스에게 동행해 달라고 부탁한 것은 앨리스가 그 아이의 언니이기 때문이리라.

"여왕님. 일리티아 님은 부르지 않으실 겁니까?"

"그 아이는 방에 없었어요. 게다가 너무 많은 사람들이 시스벨의 방에 몰려가는 것도 좋지 않은 일이고요. 우리끼리 합시다. 어차피 본격적인 수색을 하는 것도 아니니까요."

수정 열쇠를 열쇠 구멍에 집어넣었다.

복제 불가능. 베테랑 기술자가 만든 이 열쇠는 이 문을 여는 유일한 열쇠였다.

──문이 열렸다.

여왕이 직접 문을 밀고 들어가서 불을 켰다.

……몰래 엿보는 것 같아서 내키지 않았지만.

……어쩔 수 없지. 어마마마께서 그러자고 하셨으니까.

여왕을 따라 거실로 들어갔다.

고급 호텔 스위트룸을 연상시키는 내부 인테리어는 앨리스의 방과 거의 비슷했다. 굳이 따지자면, 거실 구석이나 소파 위에 커다란 인형이 놓여 있는 게 차이점이려나.

시스벨은 현재 열다섯 살이고, 올해 안에 열여섯 살이 된다.

올해 열여덟 살인 앨리스와는 두 살 차이인데, 아무리 그래도 열다섯 살이 된 지금까지 이런 인형을 소중히 여기는 것은 왕족의 취미로서는 다소 유치한 것 같기도 했다.

"깨끗한 방이네요……."

린이 거실을 둘러보고 조심스럽게 여왕에게 말했다.

"특별히 이상한 점은 눈에 띄지 않는군요."

"내가 이 방에 들어올 것을 예상하고 수상한 물건은 다 치워뒀을지도 모르죠…… 어쨌든 그 아이가 평소에 이 방에서 무엇을 하는지 알아낼 만한 단서가 있으면 좋겠네요."

여왕이 탄식했다.

이어서 욕실 겸 세면실로 이동했다.

"분담해서 살펴봅시다. 앨리스, 린. 두 사람은 침실을 봐주세요."

"네, 어마마마."

동생의 침실을 조사하다니. 마음이 영 불편했다.

그러나 앨리스가 불편해한 것이 무색할 정도로 시스벨의 침대 주변은 깔끔했다.

시트는 주름 하나 없이 깨끗했고, 침대 주위에는 조그만 물병과 컵밖에 없었다.

"앨리스 님의 침대보다 더 깨끗하네요."

"린, 때와 장소를 고려해서 신중하게 발언하도록 해. 아, 그리고 내 침대도 깨끗해."

그런데 이 침대는 생활감이 없었다.

앨리스는 잠자기 전에 반드시 책을 읽는다. 좋아하는 책을 침대로 가져와서 꾸벅꾸벅 졸면서 읽는 것이 취침 전의 취미였다.

"아, 맞아. 나라면 어마마마께 들키지 않도록 베개 밑에………… 어?"

톡.

베개 밑에 집어넣은 앨리스의 손가락에 뭔가가 닿았다.

책? 감촉으로 미루어 보아 얇은 잡지인 듯했다.

베개 밑에 숨겨진 그 책을 힘차게 꺼냈다. 그 순간 앨리스는 자기 얼굴에서 핏기가 싹 가시는 것을 느꼈다.

1년 전에 발행된 그 정보지는——.

"사상 최연소 『사도성』 이스카."

"마녀의 탈옥을 도운 국가 반역죄로 인해 체포. 종신금고형 선고."

본 적이 있다. 그런 단순한 말로 설명되는 것이 아니었다.

"어, 어째서……?"

전에 앨리스도 린에게 명령해서 똑같은 정보지를 입수한 적이 있었다. 이스카라는 제국 병사의 정체를 알아내기 위해서.

……이상하다. 어째서 시스벨이 똑같은 정보지를 가지고 있는 거지?!

……그것도 베개 밑에 숨길 정도로 소중히 간직하다니.

옆에서는 린도 굳은 표정을 짓고 있었다.

이 정보지가 의미하는 바는 명확했다. 시스벨이 제국의 전직 사도성 이스카를 조사한 것이다.

그를 조사한 이유가 뭘까?

"설마 나와 이스카가 중립도시에서 만난 장면을 본 건가?! 그 아이의 성령이라면 그것도 가능해!"

제2왕녀 앨리스리제가 제국 병사와 관련이 있다.

물론 그들은 단지 우연히 만났을 뿐이지만. 그것만으로도 충분히 나쁜 소문을 퍼뜨릴 수 있을 것이다. 최악의 경우에는 그것 때문에 앨리스가 콘클라베에서 탈락될 수도······.

"린, 어쩌지?!"

"쉿! 진정하세요. 앨리스 님."

욕실을 가리키는 린.

욕실에 여왕이 있다. 여왕이 이 이야기를 들으면 안 된다.

"시스벨 님께서 앨리스 님과 제국 병사의 관계를 알 리가 없습니다. 시스벨 님의 성령은 반경 300미터 내에서만 효과를 발휘하니까요."

물론 황청과 중립도시는 수백 킬로미터나 떨어져 있었다.

두 사람이 마주친「현장」을 들켰을 확률은 거의 0퍼센트에 가까웠다. 그것이 린의 견해였고, 당연히 앨리스도 그것은 알고 있었다.

그건 알지만. 이 상황에서 낙관할 수는 없었다.

"······린, 너와 나의 대화를 시스벨이 엿들었을 가능성은?"

"그랬을 가능성은 있습니다."

중립도시 에인에서 그와 함께 식사하거나 오페라 극장에서 동석했던 장면은 들키지 않았을 것이다.

그보다는 황청에서 앨리스와 린이 대화하는 장면을 들켰을 가능성이 있었다. 그 대화에 이스카란 이름이 등장하자, 시스벨이 그의 정체를 궁금하게 여겼을지도 모른다.

"서둘러 해명을 해야겠군요……."

시종이 낮은 목소리로 말했다.

"아마 시스벨 님은 의심하고 계실 겁니다. 앨리스 님이 제국과 내통한 게 아닐까 하고."

"마, 말도 안 돼!"

앨리스는 의자 대신 시스벨의 침대에 걸터앉았다.

"물론 나는 이스카와 아는 사이지만. 전장의 적으로서 알고 있는 것뿐인걸. 내가 우리나라를 배신하고 제국과 내통한다니, 정말 끔찍한 헛소문이야!"

"네, 맞습니다. 그러나 곰곰이 생각해보면 이게 오히려 잘된 걸지도 모릅니다. 지금 시스벨 님은 황청에 안 계시니까요."

"……그게 무슨 뜻이야?"

"여왕님!"

린이 욕실을 향해 큰 소리로 말했다.

"여왕님, 침실에서도 시스벨 님의 동향을 알아낼 만한 단서는 발견하지 못했습니다. 그래서 말입니다만, 한 가지 계책이 있습니다."

"……린, 그게 뭡니까?"

"앨리스 님의 원정을 허가해주십시오."

욕실에서 침실로 오는 여왕을 향해.

린이 무릎 꿇고 고개 숙이면서 말했다.

"시스벨 님의 원정 목적지로 앨리스 님이 직접 가시겠다고 합니다."

"앨리스가 간다고요?"

어머니가 앨리스를 쳐다봤다. 린도 의미심장한 눈빛으로 앨리스를 봤다.

두 명의 시선이 앨리스에게 집중되었다.

"네. 시스벨 님은 지금 머나먼 이국에 계십니다. 평소처럼 자기 방에 틀어박힐 수 없으니까요. 수상한 점이 있어도 숨기지 못할 겁니다."

"앨리스가 일부러 거기까지 가야 하는 이유는 뭡니까?"

"친자매이기 때문입니다."

"…………."

"시스벨 님께서 뭔가 사소한 것을 숨기고 계시더라도, 부하에게 솔직히 털어놓기는 힘드실 겁니다. 친한 부하라 해도 결국 타인이니까요. 그 점에서 앨리스 님은 시스벨 님의 가족입니다."

여왕 밀라베어는 왕궁을 비우지 못한다.

장녀 일리티아도 오랜 여행을 마치고 이제 막 돌아왔으므로, 또다시 여행을 떠나라고 명하기는 미안했다. 소거법으로 남는 사람은 앨리스 하나밖에 없었다.

"이유는 또 하나 있습니다. 현재 시스벨 님 곁에는 호위병이 없다고 하던데요."

"네. 시종 슈바르츠에게 모든 것을 맡겼습니다."

"앨리스 님은 만약의 경우에 얼마든지 시스벨 님을 지키실 수 있을 겁니다."

"……하지만. 린, 그럼 행방불명된 샐린저는 어떻게 하고요?"

여왕의 눈동자에 근심이 깃들었다.

"그 남자는 지금도 국내에 잠복하고 있을 겁니다. 그가 왕궁을 습격했을 때 앨리스는 강한 억지력이 될 것입니다. 이 상황에서 앨리스를 밖으로 내보내는 것도 좀 위험하지 않을까요."

"마인은 부상을 당했습니다."

시종은 물 흐르듯이 말했다.

"겨우 며칠 만에 완치되지는 않을 겁니다. 앨리스 님이 자리를 비운 사이에 그놈이 이곳을 습격할 가능성은 없습니다."

"…………."

"여왕님."

"좋아요, 알았어요."

잠시 후 네뷸리스 8세가 살짝 한숨을 쉬었다. 내키진 않지만 다른 방법이 없다. 그런 심정인 것이리라.

"그 계책을 수용하겠습니다. 앨리스, 외출을 허가합니다."

"네, 알겠습니다. 어마마마."

린, 넌 진짜 천재야!

앨리스는 무릎을 꿇고 있는 시종에게 속으로 갈채를 보냈다.

이로써 여동생을 쫓아갈 구실을 얻었다. 왕궁 밖에서 아무에게도 들키지 않고 시스벨과 단둘이 대화할 기회를 얻었다.

……그래, 맞아. 시스벨은 지금 오해하고 있는 걸 거야.

……그 아이는 나와 이스카의 관계를 잘못 알고 있어.

네뷸리스 황청의 왕녀가 제국 병사와 내통하다니, 그런 오해는 받고 싶지 않았다. 당장 쫓아가서 오해를 풀어야 한다.

"어마마마, 걱정하지 마세요. 나흘 안에 돌아오겠습니다."

왕복 기간은 사흘.

나머지 하루를 시스벨을 설득하는 데 사용하자. 이번만은 평소처럼 도망치게 내버려두지 않을 것이다. 도망치려고 해도 꽉 붙잡아서 무조건 대화를 나눌 것이다.

"린, 서둘러 준비해줘!"

앨리스는 드레스 자락을 가볍게 날리면서 시스벨의 방을 떠났다.

……시스벨, 너는.

……지금 어디서 뭐 하고 있니?

그런 생각을 하면서.

Chapter.4
『제907부대』

the War ends the world /
raises the world

1

　독립국가 알사미라——.
　사막에 둘러싸인 리조트는 이제 밤이 되어 대부분의 사람들이
꿈나라로 갈 시간이 되었다.

　"1년 만에 뵙네요. 사도성 이스카."
　호텔 4층의 어느 방.
　이스카의 방에 침입한 금발 머리 소녀는 바닥에 드러누워 구속
된 상태임에도 불구하고 매우 평온한 어조로 말했다.
　"저를 기억하시나요?"
　"……너는……."
　오늘 낮에 마주친 것이 가장 선명하게 기억났다.
　수영장에서 놀다가 지친 미스미스 대장을 호텔까지 운반하던
도중. 교차로 근처에서 자기 등에 부딪쳤던 소녀였다.
　그러나——.
　그들이 처음 만난 것은 1년 전이었다.

"나와 당신은 서로 적이잖아."

"그런데 당신이 나를 도망치게 해준다고? 어째서?"

"……그때 그, 감옥에 갇혔던……?"

"제 이름은 시스벨입니다. 기억해주셔서 영광이에요."

바닥에 쓰러진 소녀가 살짝 웃었다.

1년 전 감옥에 갇힌 마녀였던 이 소녀는 빈말로도 예쁘다고는 할 수 없었다.

……옷도 머리카락도 엉망이었다.

……나보다 어린데도 억지로 센 척하면서 반말을 사용했었다.

그런데 지금은 딴사람 같았다.

호기심이 왕성해 보이는 커다란 눈동자는 이쪽을 가만히 쳐다보고 있었다. 사랑스러운 생김새였다.

융단 위에 펼쳐져 있는 불그스름한 금빛 머리카락도 매끄러웠다. 입고 있는 옷도 간소하지만 고상한 원피스였다.

……이 소녀가 어째서 내 방에 숨어 들어온 걸까?

……보조 열쇠를 입수하기도 어려웠을 텐데. 애초에 내 방 번호는 어떻게 안 거야?

머릿속이 복잡해서 생각을 정리할 수 없었다.

이스카가 말문이 막힌 채 고민하고 있는 사이에.

"이렇게 늦은 시간에 마음대로 방에 들어와서 죄송합니다……

하지만…… 저…….”

쓰러져 있는 소녀가.

아주 조금 얼굴을 붉히더니, 쭉 쳐다보던 이스카에게서 시선을 떼고 고개를 돌렸다.

“저는…… 이런 취급을 당하는 것에는 익숙지 않아서…….”

“뭐?”

“……제 위에서 그만 내려와 주시면 좋겠는데요.”

연약한 소녀를 누르고 그 위에 올라탄 자세.

이스카는 그런 자신의 상황을 깨닫고 당황하여 벌떡 일어났다.

“아, 미, 미안해!! ……아니, 일부러 그런 게 아니라. 이렇게 늦은 시간에 누가 살금살금 방문을 따고 들어오기에, 당연히 도둑인 줄 알고──.”

“네, 알아요…… 이해합니다…… 제가 먼저 잘못한 거니까요.”

얼굴을 붉히고 몸을 일으키는 금발 머리 소녀.

옷에 묻은 먼지를 손으로 탁탁 털고, 가볍게 눈짓을 하더니 소파에 앉았다. 이스카가 무심코 넋을 잃고 쳐다볼 정도로 세련된 「아름다움」이 깃든 동작이었다.

참으로 고왔다.

날 때부터 엄격하게 교육받은 왕족이나 귀족이 아니고서야 이렇게 단아한 동작이 자연스럽게 몸에 배어 있지는 않을 것이다.

……그러고 보니 앨리스도 그랬지.

……같이 호텔에 묵을 때에도 모든 몸짓이 아름다웠다.

어쩐지 신기한걸.

시스벨이라는 이 소녀의 외모와 행동 하나하나가 자꾸만 앨리스를 연상시켰다.

"이스카라고 불러도 될까요?"

퍼뜩 정신이 들었다.

이스카가 반쯤 넋을 잃고 멍하니 서 있는 동안에 가련한 소녀는 그를 쭉 지켜보고 있었다. 이스카는 그쪽을 보고 말없이 고개를 끄덕였다.

"이스카. 당신에게 사과할 것이 두 가지 있습니다. 첫째로 당신 방을 보조 열쇠로 열고 제멋대로 들어와서 미안합니다. 그리고 둘째로, 이것이 가장 중요한데……."

숨을 한 번 쉬고서 말을 이었다.

"그때 제국 병사가 감옥에서 구해줬던 마녀는 그에게 고맙다는 인사 한마디조차 하지 못했습니다. 실례지만…… 그때는 함정일까 봐 두려워했었습니다. 저를 감옥에서 꺼내주는 행위 자체가 제국 측의 함정일지도 모른다고 생각했습니다."

"그래, 의심하는 게 당연해. 나 스스로도 그때는 말도 안 되는 짓을 했다고 생각하니까."

이스카는 여전히 거실에 서서 고개를 위아래로 움직였다.

——소파에는 앉지 않았다.

마녀의 능력이 뭔지 모르니까. 가까이 마주 앉은 상태에서 성령술 공격을 당한다면, 이스카도 제때 반응할 자신이 없었다.

상대는 그가 구출한 마녀.

그렇다고 아군이 된 것은 아니므로, 돌연 공격당할 가능성도 있었다.

"지금 여기서 사례를 하고 싶습니다."

블루쿼츠(푸른 수정) 팔찌.

금발 머리 마녀는 왼팔에서 빼낸 그 팔찌를 공손히 내밀었다.

"반세기 전을 대표하는 보석 세공사 빌드레드 모피어스의 후기 작품. 보석 자체도 훌륭하지만, 그보다 더한 역사적 가치를 가진 물건입니다. 세계 어느 보석상에서나 최저가로 쳐도 저택 한 채는 충분히————."

"아, 아니, 저기요?!"

이스카는 자기 코앞에 내밀어진 팔찌를 보고 비명에 가까운 소리를 냈다.

"이게 무슨……."

"저를 구해주신 데 대한 사례의 표시입니다."

마녀는 여전히 팔찌를 양손으로 받치고 있었다.

햇빛을 전혀 받지 못한 것처럼 하얗고 매끄러운 손. 이스카는 살며시 그 손을 밀어냈다.

"이런 것은 받을 수 없어."

"어째서죠?"

"나는 이러고 싶어서 너를 구해준 게 아니야. 무슨 보답을 바랐다면 애초에 하지도 않았을 거야. 어차피 내가 잃어버린 사도성 지위는 돈으로 살 수 있는 것도 아니고."

"…………."

소녀는 입을 꾹 다물었다.

"나는 그때 그 사건으로 사령부에게 요주의 인물로 찍혔어. 여기서 네가 주는 물건을 받는다면, 이번에야말로 황청의 아군이라고 오해받게 될 거야."

"네, 압니다."

"뭐라고?"

"저는 당신을 황청으로 모셔가고 싶어서 여기까지 온 겁니다."

시스벨은 진지한 눈빛으로 이스카를 보면서 일어났다.

자기 가슴에 손을 얹더니.

"1년에 걸쳐 당신을 조사해봤습니다. 천제의 직속 부하였던 당신이 마녀 탈옥 사건을 일으켰다는 소문은 주변의 중립도시까지도 널리 퍼졌습니다."

"……그래서 내 이름을 알게 된 거야?"

"네."

소녀는 부드럽게 미소 지었다.

"사도성 지위를 잃었잖아요. 현재 당신의 지위는 땅에 떨어졌다고 해도 과언이 아닐 겁니다. 이번에는 제가 당신에게 은혜를 갚을 차례예요. 당신이 잃어버린 지위와 명예보다도 더 좋은 것을 약속하겠습니다. 황청은 당신을 환영합니다."

"…………."

"신분도 안전도 보장할게요. 제국 출신이어도 당신은 아무런 불편 없이 살아갈 수 있을 것입니다."

기시감.

붉은 모래먼지가 휘날리는 황야에서 빙화의 마녀 앨리스리제가 했던 말——.

"넌 나의 부하가 되어라."

"너의 신분은 내가 보장해줄게. 너는 제국에서 온 망명자가 되는 거야."

왕녀 앨리스와 동등한 제안이었다.

지금 눈앞에 있는 소녀도 그에 필적하는 권력을 가지고 있다는 뜻인가? 그런데 일국의 왕녀와 비슷한 권력자가 그리 많을 것 같지는 않았다.

"너는……."

"네."

"너는, 누구야? 정체가 뭐야?"

앨리스와 관계가 있는 사람이니?

이스카는 목구멍까지 올라온 그 말을 간신히 삼켰다. 주먹을 꽉 쥐고서. 앨리스와 관련된 질문은 금기다. 그런 식으로 물어보면, 상대가 자신과 앨리스의 관계를 의심할 것이다.

……혹시라도 사령부가 그것을 알게 된다면.

······이번에야말로 나는 즉시 처형될 것이다.

"사도성을 대신할 만한 지위를 마련해준다니. 그건 쉬운 일이 아니잖아."

"저는 할 수 있습니다."

소녀의 언어에 힘이 실렸다.

"저는 왕가의····· **시종입니다.**"

"측근인가?"

"네. 왕가와 가까운 분을 모시는 시종입니다. 이번 일도 제 주인님의 허가를 받은 것이므로 백 퍼센트 보증할 수 있습니다."

왕가의 시종.

다시 말해 이 소녀의 배후에는 여왕 본인이나 여왕에 가까운 자가 존재한다는 뜻이다. 그래서 앨리스와 동등한 제안을 할 수 있었나 보다.

"이제 이해하셨나요?"

"······왜 나한테 이러는 거지?"

얼굴이 붉게 상기된 시스벨을 향해.

이스카는 마른침을 꿀꺽 삼키고 물어봤다.

"네가 왕가와 가까운 사람이란 것은 부정하지 않을게. 아마 사실일 테지. 하지만 그만한 지위가 있다면, 이미 부하도 많이 있을 텐데?"

"!"

소녀의 어깨가 움찔거렸다.

"명령만 내리면 네뷸리스의 성령 부대도 얼마든지 움직일 수 있을 거야. 왕가는 호위병을 거느리고 있으니까. 그 정도는 제국 병사인 나도 알아."

"…………."

"나에게 황청으로 넘어오라고 권하는 이유는, 단순히 제국의 전력이 필요하기 때문인가?"

어두운 그늘.

사랑스러운 소녀의 눈동자에 비통한 빛이 어렸다.

이스카가 정곡을 찌르는 바람에 당황해서 말문이 막혀버린 듯한 느낌은 아니었다. 바들바들 떨며 입술을 꼭 깨물고 있는 그 모습은 마치 필사적으로 울음을 참는 것 같았다.

"…………왜냐하면…… 저에게는……."

이윽고.

금발 머리 마녀는 갈라진 목소리로 아주 조그맣게 중얼거렸다.

"부하가 없기 때문이에요. 아무도 믿을 수 없어서……."

"뭐라고?"

"현재로선 당신에게 자세한 사정은 말해줄 수 없어요. 다만…… 황청이라는 나라는 외부에서 보는 것만큼 튼튼하지 않습니다."

"……아무리 그래도 부하가 없다니, 그건……."

너무 과장된 표현이 아닐까.

거짓말이라고 단정 지을 수는 없지만, 적어도 이스카가 아는 왕녀(앨리스)는 그런 것처럼 보이진 않았다.

"저는 아무도 믿지 못해요!"

소녀의 목소리가 거실에 울려 퍼졌다.

어느새 이스카의 코앞까지 다가온 소녀가 다짜고짜 그의 손을 꼭 잡았다.

"황청은 믿을 수 없어요. 그래서 당신에게 의지하는 거예요…… 부하 대신 나를 지켜줄 전사가 필요한 겁니다!"

"…………."

"그런 사정이 없었다면 저는 혼자서 당신을 만나러 오지 않았을 겁니다. ……당연하잖아요? 이렇게 약한 마녀가…… 적군인 제국 병사, 그것도 사도성처럼 무시무시한 사람 앞에…… 혼자 모습을 드러내다니, 이게 얼마나 큰 결심을 한 건지 알기나 해요……?!"

마지막 말은 거의 비명이나 마찬가지였다.

오열이 섞인 날카로운 소리.

"이 방에 들어올 때에도 정말로 무서웠어요. 혹시 도둑으로 오해받아서 총 맞을까 봐……. 저는 어마마마와는 달리 성령도 강하지 않으니까, ────."

어마마마?

이스카가 속으로 그런 의문을 느낀 순간, 눈앞에 있는 소녀도 그것을 눈치챘다. 자신이 너무 흥분해서 감정적으로 떠들어댔다는 사실을 겨우 깨달은 듯했다.

"…………죄송합니다. 제가 지나치게 흥분했네요."

가냘픈 한숨이 흘러나왔다.

마녀는 꼭 쥐고 있던 이스카의 손을 아쉽다는 듯이 놓아주었다.

"제가 실수했군요. 부탁을 하는 입장에서 하필이면 그 상대에게 소리를 지르다니. ……교섭할 자격도 없나 봅니다. 저, 하지만 오해하지 말아주세요. 꼭 당신의 도움을 받고 싶어서, 그 마음이 너무 간절해서 그랬던 거니까요……."

"_____."

"다음에 다시 찾아오겠습니다. 오늘은 당신을 만나서 기뻤어요……."

시스벨이라고 자기 이름을 밝힌 소녀는 그대로 몸을 돌렸다.

더없이 자연스러운 동작. 나긋하고 우아한 발걸음으로 연한 금빛 머리카락을 나부끼면서 이스카의 방을 떠나 밖으로 나갔다.

찰칵. 자동으로 문 닫히는 소리가 났다.

두꺼운 문 너머로 들리는 발소리가 점점 작아지더니 이윽고 완전히 사라졌다.

"이게 무슨 일이야……."

그곳에 홀로 남은 이스카는.

망연자실하여 한숨을 쉬었다. 제국과도 황청과도 멀리 떨어진 이 사막에서, 설마 자신이 1년 전에 탈옥시킨 소녀와 마주칠 줄이야.

……우연인가? 아니, 하지만.

……그 아이는 내 방 번호를 알고 있었다. 어떻게 알아냈을까?

혹시 모르니 방을 바꿀까?

최소한 도청기가 있는지 없는지는 조사해봐야 할 것이다. 그렇게 생각하면서 거실을 둘러보다가.

"앗."

마녀가 앉아 있던 소파에 시선이 머물렀다.

"아차, 내가 방심했구나……."

푸르게 빛나는 수정 팔찌.

아까 이스카가 거절했던 물건. 시스벨이 손목에 차고 있던 그 장신구는 그녀가 떠나간 소파 위에 보란 듯이 남겨져 있었다.

──저는 포기하지 않을 겁니다.

그런 메시지가 전해져 왔다.

남겨진 장신구를 주워들었다. 거기 도청기가 붙어 있나 면밀히 조사한 뒤, 이스카는 멍하니 천장을 우러러보았다.

"저 아이. 도대체 정체가 뭐야……?"

━━━━━━

네온사인이 빛나는 번화가.

얼어붙을 듯이 차가운 사막의 밤바람이 몰아치는 대로에서 시스벨은 미친 듯이 달리고 있었다.

"……시스벨…… 도대체 뭐 하는 겁니까!"

제국 병사 이스카의 숙소는 알아냈다. 그 방에 숨어 들어가서, 마침내 그와 대면하여 어떻게든 교섭할 기회를 얻었다.

그런데. 어째서.

"나답지 않게······!"

그렇게 큰 소리를 지른 게 도대체 몇 년 만일까.

그동안 어마마마께도 불평 한마디 한 적이 없었다. 어린 시절에 시중을 들어주는 슈바르츠에게 떼썼던 것이 그나마 가장 비슷한 경우이려나.

"실수했어요. 미리 시뮬레이션도 열심히 했는데······."

전직 사도성인 이스카에게 접근.

그리고 원만하게 교섭을 진행시킨다. 시스벨은 은근히 자신감을 가지고 있었다. 이래 봬도 어릴 때부터 그런 협상의 기술도 어머니를 보면서 배워 왔으니까.

어떤 미소와 말투로.

경계심을 풀어주고 그를 회유할지. 내 편으로 만들지. 나름대로 자신이 있었다. 그런데 예상치 못한 문제가 하나 있었다. 그것은───.

이스카라는 소년이 너무 다정하다는 것이었다.

설마.

설마 그가 그토록 평화롭게 자신을 받아들여줄 줄은 몰랐다.

"······제 위에서 그만 내려와 주시면 좋겠는데요."

"아, 미, 미안해!!"

그는 자기 방에 쳐들어온 침입자인 시스벨에게 사과했다. 세상에 이런 사람이 있다니?

대화하는 동안에도 내내 신경 쓰였다.

그의 말투는 적어도 공포의 마녀를 대하는 제국 사람의 말투는 아니었다.

한 명의 인간으로서 대해줬다.

그렇기 때문에.

그의 다정한 태도에 긴장이 탁 풀려버렸다.

이 사람에게는——.

진정한 내 속마음을 밝힐 수 있을지도 모른다. 내가 감정적으로 마음껏 소리쳐도, 도와 달라고 부탁해도 그는 너그럽게 받아들여줄 것이다.

그렇게 생각한 순간, 시스벨은 현재 상황조차 잊어버리고 소리를 지르고 말았다.

"……실수했어요."

황청의 제3왕녀는 아랫입술을 꼭 깨물고 다시 한 번 그렇게 중얼거렸다.

품속에서 통신기를 꺼냈다.

『아가씨?』

"슈바르츠. 나예요…… 네…… 네. 맞아요. 오늘 밤에는 서로 대면만 하고 끝났어요."

자기들이 묵는 호텔에서 대기하는 시종에게 이야기했다.

"다시 한 번 도전할 겁니다. 한 번 더, 기회를 봐서 그에게 접근

할 거예요. 네, 초조함은 금물. 반드시 성공시킬 거예요. 나는 포기하지 않을 겁니다.”

어머니의 목숨이 걸린 일이다.

네뷸리스 왕가에 숨어 있는 **그 괴물**로부터 어머니를 지키기 위해서는, 내가 반드시 강한 아군을 얻어야 한다.

2

모래 지평선 위로 해가 떠올랐다.

얼어붙을 정도로 차가웠던 모래가 아침 해의 열기를 흡수했다. 독립국가 알사미라의 기온은 눈 깜짝할 사이에 작열하는 수준으로 변했다.

땀을 솟구치게 만들면서 또 순식간에 증발시켜버리는 사막의 바람──.

“바비큐~~~!”

그 바람에 지지 않을 만큼 기운찬 미스미스 대장의 목소리가 울려 퍼졌다.

호텔에서 도보로 금방 올 수 있는 캠프장. 어제 갔던 수영장과 마찬가지로 리조트를 대표하는 이 인기 시설은 아침 일찍부터 관광객으로 가득 차 있었다.

“아아, 행복해. 아침부터 맛있는 바비큐를 실컷 먹을 수 있다니. 제도에 있었을 때에는 아침에는 빵 구울 시간도 없어서 통조

림만 먹어야 했는데…….”

대장의 오른손에는 차가운 주스 병이 들려 있었다.

사막의 바람을 받으면서 마시는 주스는 진짜 꿀맛일 것이다.

“나 행복해…….”

“보스, 행복에 취해 있을 여유가 있으면 좀 도와줘.”

진이 바비큐 화로의 불을 지켜보면서 말했다.

그 옆에서는 네네가 채소를 썰고, 이스카가 고기를 썰고 있는 중이었다.

“알았어, 그럼 내가 고기를 구워줄게!”

“앗, 대장님, 안 돼. 우선 천천히 익는 채소부터 구워야 해. 자, 여기 있어!”

“어, 뭐야~.”

네네가 채소 담은 그릇을 건네주자, 조그만 여대장은 풀이 죽어버렸다.

그 모습을 곁눈질로 보면서──.

“…………”

이스카는 캠프장을 오가는 사람들을 자세히 살펴보고 있었다. 그중 대부분은 가족 단위의 손님이었다. 나머지는 연인과 노부부.

아무리 찾아봐도 어젯밤에 본 시스벨의 모습은 눈에 띄지 않았다.

……어제 그런 일이 있었으니까.

……캠프장에도 몰래 따라올 줄 알았는데. 예상이 빗나갔군.

시스벨의 존재를 나머지 세 명에게도 이야기해줘야 할까?

이스카는 하룻밤 내내 그 결단을 내리기 위해 고민했다. 솔직히 이야기할 경우의 장점과 단점을 비교한다면——.

장점은 황청의 성령술사가 존재한다는 위기의식이 생긴다는 것.

단점은 시스벨에 관해 이야기하려면 1년 전 마녀 탈옥 사건까지 설명해야 한다는 것.

이스카가 하룻밤 동안 심사숙고해서 내린 결론은 「아직은 이야기하지 않는다」였다.

……이야기하기는 쉽다. 언제든지 할 수 있다.

……그러나 한번 이야기해버리면 돌이킬 수 없다.

마녀 탈옥 사건의 진실을 공유한다면, 동료들 세 명이 1년 전 사건의 공범자로 간주될 가능성도 있었다. 팔대사도나 사령부가 마음만 먹는다면 그들 전원을 감옥에 가둬버릴 수도 있을 것이다.

애초에 이곳은 독립국가다.

황청의 성령술사가 어떤 사정으로 이곳에 머물고 있을 가능성은 이스카를 포함한 그들 모두가 이미 알고 있는 것이었다. 그래서 습격에도 대비하고 있었고. 지금 당장 시스벨의 존재를 밝히지 않아도, 그들 모두는 성령술사와 마주칠 가능성을 염두에 두고 있었다.

"아하~ 알았다! 이스카 군! 난 다 알았어!"

"으악?!"

여대장이 그의 눈앞에 뿅 하고 나타났다. 히죽히죽 수상한 미소를 지으면서.

설마 내 속마음을 들킨 건가?

이스카는 미스미스 대장의 의미심장한 표정을 보고 저도 모르게 뒷걸음질 쳤다.

"뭐, 뭔데요? 뭘 알았는데요?"

"이스카 군, 아까부터 이것만 보고 있었지? 짠~ 갓 구운 뜨끈뜨끈한 소시지. 특제 양념 추가. 자, 한번 드셔보시죠!"

"…………."

"어, 왜 그래?"

"……아뇨. 실은 이것저것 걱정하고 있었는데요. 기우였나 봐요."

이스카는 그렇게 대답했다. 그러거나 말거나 미스미스 대장은 접시에 담긴 갓 구운 소시지를 앞으로 쑥 내밀었다.

"자, 이스카 군. 맛을 봐줘."

"내가 맛봐도 돼요? 대장님이 아까부터 기대하고 계셨잖아요. 고기 먹고 싶다면서."

"난 됐어. 이건 특급 매운맛 소시지거든."

"네?"

"옳지, 기회다!"

이스카가 당황하여 입을 살짝 벌린 순간, 상대가 소시지를 억지로 입안에 집어넣었다.

그 직후. 이스카의 입안에서 쾅! 하고 번개가 쳤다. 소시지를 한 번 깨물자마자 혀가 지독한 고통에 휩싸였다.

"~~~~악, 매워!! 아, 아파!!"

"이스카 오빠, 괜찮아?! 물, 물 마셔!"

네네가 준 냉수로 입안을 헹궜지만 여전히 불타는 듯한 통증이 느껴졌다.

"오. 역시 사막의 특산 양념은 뭔가 다르네. 한번 먹으면 혀가 벼락 맞은 것처럼 난리나면서 퉁퉁 붓는다더니. 그 소문이 진짜였구나."

"부하를 실험동물로 쓰지 말아주세요!!"

"아하하. 실은 너에게 준 것은 특산 양념 매운맛 X니까 괜찮을 줄 알았지. 자, 여러분. 주목하세요!"

그릴 위에서 익어가는 소시지는 네 개였다.

노릇노릇 구워진 소시지에서는 참 맛있는 냄새가 났는데.

"이중에 특제 소시지가 딱 하나 섞여 있어. 매운맛 XX! 이스카 군이 먹은 것보다 두 배나 매운 향신료가 들어간 소시지야. 이건 목숨을 건 매운맛 러시안룰렛이야!"

이스카와 진과 네네가 서로 얼굴을 마주 봤다.

발안자인 미스미스 대장 혼자만 눈을 반짝반짝 빛내면서 신나게 말했다.

"그리고! 그 매운맛 소시지를 먹은 사람은 커다란 벌칙을 또 하나 받게 될 거야. 그 사람은 이 바비큐 채소를 혼자서 다 먹어야 해!"

"……그게 목적이었군요."

"……요컨대 나는 채소를 먹기 싫다, 이거잖아."

"……저기, 대장님. 그렇게 고기만 먹다간 건강이 나빠질 거야.

알지?"

"뭐야, 다들 오해하지 말아줘! 나도 실은 채소를 잔뜩 먹고 싶어. 하지만 분위기를 띄우기 위한 벌칙에 사용되는 걸 어쩌겠어? 이건 불가항력이야!"

미스미스 대장은 짐짓 슬픈 표정을 지었다.

그러나 저절로 들뜬 목소리는 숨기지 못했다.

"아, 그래도 기사회생할 방법은 있어. 운 나쁘게 매운맛 소시지를 먹었어도 시치미 뚝 떼고 끝까지 버티면, 그 사람은 벌칙을 안 받아도 돼."

"표정 변화 없이 다 먹어치우면 된다는 건가."

진이 얼음 섞인 주스를 마시면서 말을 이었다.

"이봐, 이스카. 그거 얼마나 매워? 현실적으로 끝까지 숨길 수 있을 것 같아?"

"아니. 불가능해."

단호하게 고개를 흔들었다.

"입안에서 폭탄이 터진 것처럼 매워."

"오케이, 알았어. 그런데 보스. 만약 보스가 걸리면 이 채소를 다 먹어야 해. 채소를 다 먹기 전에는 고기는 하나도 못 먹을 줄 알아."

"흐음~? 그건 내가 할 말인데? 좋아, 그럼. 시작하자!"

우리 네 사람은 그릴 위에 있는 소시지를 하나씩 골라서 용감하게 입속에 집어넣었다.

……으음?

……아, 괜찮아. 평범한 소시지야. 난 살았다!

남은 사람은 세 명.

네네는 조심스럽게 소시지를 씹었고, 미스미스 대장도 과감하게 소시지를 입에 넣었다.

진은 이미 하나를 다 먹어버렸다.

"어, 어라? 누구야? 누가 꽝을 뽑고도 아닌 척하는 거야?"

미스미스 대장이 눈을 깜빡거렸다.

"알았다. 네네가 범인이야! 맞지?"

"아, 아니야! 그러는 미스미스 대장님이야말로 수상한걸! 네네를 범인 취급하다니, 수상해!"

"나도 아닌데? 하지만 이스카 군도, 진 군도 멀쩡해 보이니……."

"아, 알았다. 대장님이 애초에 깜빡하고 매운맛 소시지를 안 집어넣은 거야! 그래서 다들 평범한 소시지만 먹은 거 아냐?"

"으음…… 그, 그런가?"

네네와 미스미스 대장이 고개를 갸웃거리고 있는데 그 옆에서.

"범인은 나야."

진이 태연하게 고백했다. 와, 상상도 못 했다.

"들키지 않고 다 먹었으니까. 게임은 계속하는 거지?"

"허억?! 진 군이 범인이었어?!"

"우와~! 진 오빠, 무슨 수를 쓴 거야?!"

"얼음을 썼지."

은발 저격수는 얼음 섞인 주스 병을 움켜쥐면서 대답했다.

"입속을 미리 얼음으로 식혀놨어. 그러면 혀가 마비돼서 한동안 미각이 사라져버리거든."

"진 군, 치사해!"

"난 우연히 시합하기 전에 주스를 마셨을 뿐이다. 규칙상 문제는………… 크읍! ……이, 이게 뭐야. 이렇게까지 했는데도……크헉……!"

"진 오빠, 괜찮아?!"

"……이 매운맛, 진짜 장난이 아닌데? 입안을 얼렸는데도 이렇게 맵다니……."

진의 얼굴이 새빨개졌다. 진귀한 광경이다.

그것을 본 이스카와 네네는 똑똑히 깨달았다. 이건 참을 수 있는 매운맛이 아니다.

"일단 나는 끝까지 참았으니까. 게임을 속행하자."

"윽…… 조, 좋아, 다음에는 그 작전도 안 통할 거야!"

아이스박스에서 추가 소시지를 꺼내는 여대장. 불에다 직접 구운 소시지가 곧바로 맛있는 냄새를 풍기기 시작했다.

"특급 매운맛 소시지, 매운맛 XXX! 15세 미만 어린이는 먹으면 안 된다는 연령 제한까지 설정되어 있는 궁극의 일품. 진 군의 술수로도 이건 못 참을 거야!"

"대, 대장님, 정말로 이래도 되는 거예요……?"

"난 채소는 먹기 싫어!"

"노골적인 고백이네요!! 역시 대장님의 편식이 문제였던 거잖아요!"

첫 번째 게임에서는 대장도 눈치를 챘었다. 자신이 질지도 모른다고 생각해서 겁을 먹었었다. 그러나 진이 매운맛 소시지를 고른 것을 보고 확신했나 보다.

──오늘 나는 운이 좋다! 하고.

그런 미스미스의 속마음이 투명하게 겉으로 드러났다.

"자, 운명의 결승전입니다. 이로써 모든 것이 결판날 거야!"

소시지 네 개의 겉모양은 다 똑같았다.

네 사람이 그것을 포크로 하나씩 찍어서 용감하게 씹어 먹었다.

……맛은?

…………괜찮았다. 내가 먹은 것은 평범한 소시지였다!

이스카는 매운맛 X를 견뎌내지 못했다.

매운맛 XX는 진이 만반의 준비를 하고도 끝까지 견뎌내지 못했다.

따라서 매운맛 XXX는 무슨 수를 써도 절대로 태연하게 견뎌내지 못할 것이다. 이걸 먹은 사람은 틀림없이 얼굴에 티가 날 것이다.

"난 괜찮았어."

"응, 네네도. 진 오빠는?"

"두 번 연속으로 꽝을 뽑을 리 없잖아."

부하들 세 명의 시선이 저절로 여대장에게 집중되었다.

"저기, 미스미스 대…… 앗."

네네가 도중에 입을 다물었다.

눈앞에서 대장이 소시지를 입에 넣은 채 얼어붙어 있었기 때문이다.

"······대장님이 꽝 뽑은 거지?"

"_____."

대답이 없었다.

잘 익은 사과같이 새빨개진 얼굴. 그 색깔이 이윽고 파랗게 바뀌더니 마지막에는 진이 다 빠진 것처럼 새하얗게 변해버렸다.

그리고.

"······끄응."

미스미스 대장이 강아지 같은 소리를 내더니 털썩 쓰러졌다.

"앗, 대장님———————?!"

"어, 어쩌지?! 이스카 오빠, 큰일 났어! 빠, 빨리! 물을 먹여야 해! 아니, 구급차 불러!"

"기가 막혀서 말도 안 나오는군."

우선 기절한 대장을 그늘로 옮기고.

부하들 세 명은 아무리 봐도 성인 여성 같지 않은 대장을 내려다본 다음에 탄식하듯이 각자 하늘을 쳐다봤다.

3

세계 대륙 동부——.

루트 헤럴드 황토 사막.

독립국가 알사미라를 둘러싼 이 모래 황야는 지금은 안전한 경로가 확립되어 있지만, 옛날에는 수많은 조난자들이 발생해서 「살아 돌아오지 못하는 곳」으로 알려져 있었다.

『조사단의 결사적 탐색으로 바실리스크(뱀의 왕)의 서식지를 알아내는 데 성공한 덕분에, 이 지역의 이동 경로가 확립될 수 있었습니다.』

순환 버스——.

리조트인 알사미라로 가는 관광객들을 태운 대형 버스 안에서 승무원의 음성이 마이크를 통해 울려 퍼졌다.

『이 척박한 지역에서 살아가는 생물들은 종의 존속을 위해 끊임없이 강하고 흉악하게 진화해왔습니다. 그 피라미드의 정점에 위치한 것이 여러분도 잘 아시는 대형 괴수, 바실리스크입니다.』

전설에 의하면 석화(石化)의 눈을 가졌다는 동물.

……그런데 실제로는 바실리스크를 피해 도망친 인간이 모래를 뒤집어쓰고 있어서.

……그 모습에서 그런 전설이 생겨났다는 이야기를 들어본 것 같기도 했다.

진짜로 위험한 것은 그놈의 흉포성이었다.

큰 놈은 몸길이가 4미터나 된다는데, 바실리스크는 그런 거체에 어울리지 않게 행동이 민첩하고 집념이 강한 생물이었다.

특히 자기 보금자리를 침범한 녀석은 절대로 가만두지 않았다.

사막 끝까지 쫓아갔다는 기록도 남아 있을 정도다.

『하지만 걱정하지 마세요. 이 버스는 바실리스크 서식지를 우회해서 이동하고 있으니까요. 게다가 만에 하나 마주쳐도 괜찮습니다. 이 버스에는 바실리스크가 싫어하는 냄새가 나는 최루탄이 탑재되어 있습니다. 그리고 이 차에도 전속 사냥꾼 두 명이 동승하고 있으므로──.』

"그래, 안심이 되네."

앨리스는 심드렁하게 맞장구를 치더니 다시 창틀에 기대었다.

왕궁에서 전용차를 타고 국경으로.

거기서 중립도시를 경유해 개인 여행을 시작했다. 이 루트 헤럴드 사막과 가장 가까운 도시에서 순환 버스를 타고 열 시간쯤 계속 이동하고 있었다.

……사막 풍경을 구경하는 것도 이제는 지겨웠다.

……너무 오래 앉아 있어서 엉덩이가 아프고, 몸을 마음대로 움직이지 못해서 어깨도 굳어버렸다.

게다가 린이 없었다.

시종 없이 혼자서 여행하느라 불안했고, 대화 상대가 없어서 심심했다. 둘 다 앨리스가 오랫동안 느껴보지 못한 감각이었다.

"거의 10년 만이려나? 어마마마에게 이끌려 기관차를 탔던 그날 이후로 처음인가."

한밤의 대륙 철도.

왕궁 신하들과 함께 기차를 타고 대륙을 여행했던 그때의 기억──.

저 멀리 보이는 중립도시의 불빛을 목표로 달려가는 열차. 앨리스는 그 안에 타고 있었는데, 도중에 그 지역을 주름잡는 괴수들에게 습격당했던 것은 지금도 기억이 났다.

……그때 내가 뭘 어떻게 했더라?

……난생처음으로 대형 괴수를 보고 공포에 질렸던가.

몸이 굳어서 움직일 수 없었다.

어린 소녀 앨리스는 강력한 성령을 지니고 있었지만 아직 그 능력을 충분히 제어하지 못했다. 그래서 괴수들을 보고 기관차 안쪽에 숨어서 벌벌 떨고 있었다.

"맞아, 그런 일도 있었지……."

지금 이 상황과 비슷했다.

그러나 그때와 다른 점도 있었다. 이제 앨리스는 바실리스크든 뭐든 두려워하지 않는다. 물론 그런 괴물의 서식지를 피해서 갈 수 있다면 당연히 피하고 싶었지만.

이처럼 앨리스가 생각에 잠겨 있는데——.

"정차합니다!"

운전사가 소리를 질렀다.

사구 꼭대기에 올라가려고 하던 버스가 급정차했다.

차바퀴가 대량의 모래를 튀기면서 급히 정지했다. 그 반동으로 앨리스의 몸도 좌석 위로 살짝 떠올랐다.

"뭐, 뭐야……? 위험하게 왜 이래?"

승객들 중에는 어디 부딪친 사람도 있는 것 같았다. 버스 안은 가벼운 패닉 상태였다.

『저, 정말 죄송합니다…… 그, 그게…….』

"——전방에서 **발자국** 발견."

운전사의 한마디를 듣고 승객들이 술렁거렸다.

사구 꼭대기까지 올라온 버스의 앞쪽. 그 완만한 비탈면에는 기묘한 자국이 선명하게 남아 있었다.

뭔가 거대한 것이 사막을 통과한 흔적이었다.

"어? 저건, 설마……!"

앨리스는 자리에서 일어났다.

버스 뒷문으로 뛰어가서 수동 장치를 이용해 억지로 문을 열었다.

『소, 손님?! 안 돼요, 밖에 나가면 위험————!』

승무원의 만류를 뿌리치고 밖으로 나갔다.

모래먼지가 날리는 열사의 언덕.

한 걸음 밖으로 나왔을 뿐인데도 땀이 확 솟아났다. 앨리스는 그 뜨거운 바람을 받으면서 모래언덕을 뛰어 내려갔다. 모래 위에 남아 있는 흔적을 향해 달려갔다.

그것은 발자국이었다.

인간보다 훨씬 더 거대한「무언가」가 두 다리로 걸어서 사막을 이동한 흔적이었다.

……바실리스크? 하지만 그 서식지는 여기서 멀 텐데.

……그리고 바실리스크의 발자국이 이렇게까지 선명하게 남을까?

모래를 푹 뚫고 지나간 이족보행의 흔적.

바실리스크는 경이로운 각력을 발휘해 모래땅 위를 미끄러지듯이 빠르게 달려간다. 마치 스케이트 선수가 빙판 위를 활주하듯이.

그런데 이 발자국은 어떤가.

코끼리나 코뿔소 같은 생물이 힘차게 쿵쿵 활보하고 다닌 흔적이 아닌가.

"바실리스크보다 거대한 생물인가?"

등골이 좀 오싹해졌다. 이 사막 생태계의 정점에 위치한 생물이 바실리스크일 텐데. 그렇다면 이 발자국의 주인은?

"…………."

앨리스는 그 발자국과 발자국 사이에 있는 거뭇한 얼룩을 주목했다.

핏자국인가?

앨리스가 코끝을 가까이 댔더니 희미하게 코를 찌르는 냄새가 났다. 피는 아니었다. 콧구멍과 폐에 들러붙는 이 악취의 정체는——.

"기계유?"

제국 병사와의 전투가 떠올랐다.

앨리스가 공격한 제국 거점에서도 항상 이것과 비슷한 냄새가 났었다.

"……행선지는?"

발자국의 방향은 동쪽.

독립국가 알사미라로 쭉 이어져 있었다. 발자국이 이토록 선명하게 남아 있는 것을 보면, 이곳을 지나간 지 얼마 안 됐나 보다.

"시스벨과 차분하게 대화해볼 좋은 기회가 왔다고 생각했는데. 분위기가 심상치 않네……."

모래언덕에 부는 바람을 받아 금빛 머리카락이 비단실처럼 부드럽게 흩날렸다.

눈을 가리는 옆머리를 손으로 누르면서.

"오늘 안에 도착하면 좋을 텐데."

앨리스는 살래살래 고개를 흔들었다.

4

독립국가 알사미라 도시 교외——.

수영장, 캠프장, 호텔 등 리조트 시설이 집중되어 있는 번화가에서 좀 떨어진 이 교외에는 부유층의 별장으로 가득 찬 거주 구역이 펼쳐져 있었다.

한적한 동네.

여기서 차도를 따라 나아가면, 곧바로 지평선이 온통 모래로 된 사막으로 나가게 된다.

"저기…… 이스카 군, 호텔에 도착하려면 아직 멀었어? 나 너무 피곤해. 못 걷겠어."

"조금만 더 가면 돼요."

"어휴. 그냥 어제 그 호텔에서 계속 묵어도 되는데……."

이스카와 네네에게 양손을 붙잡힌 채 걷고 있는 미스미스 대장.

"굳이 숙소를 바꾸다니. 이스카 군은 경계심이 강하구나."

"예산을 절약하기 위해서예요. 번화가 근처에 있는 호텔은 비싸니까요. 이 지역에서는 어제와 같은 등급의 호텔도 좀 더 저렴하거든요."

"맞아, 내가 여기 오기 전부터 그 이야기를 했었잖아?"

맨 뒤에서 걸어오는 진은 미스미스 대장의 튜브와 짐을 끌어안고 있었다.

아침부터 바비큐 때문에 큰 소동을 벌였고.

그다음에는 어제 그 수영장에서 또다시 최선을 다해 헤엄치면서 놀다가 이제 겨우 숙소로 돌아가는 중이었다. 단, 이전 숙소가 아닌 새로운 숙소였다. 이스카가 숙소를 바꾼 것이다.

거주 구역의 호텔이 좀 더 저렴하다는 명목으로.

……사실 이번만은 미스미스 대장의 말이 옳았다.

……실제로는 경계심 때문에 호텔을 바꾸는 거니까.

어젯밤 시스벨의 방문.

상대가 시스벨이었기 때문에 무사히 그 상황을 넘길 수 있었지만, 만약 성령 부대가 쳐들어왔다면? 상상만 해도 오싹했다.

나 혼자만이 아니라 동료들까지 위험해질 가능성도 있었다.

……이번 호텔은 내가 독단적으로 골랐다.

……그리고 방금 전에 내가 전화해서 방을 예약했다. 이 정도면 누구도 우리의 숙소를 알아내지 못할 것이다.

미행하는 사람도 없었다.

여기까지 오는 동안 이스카는 끊임없이 주변을 경계했다. 일반인으로 변장한 황청의 자객은 이 근처에 하나도 없다고 단언할 수 있었다.

"아아~ 행복하다."

혼잣말처럼.

푸른 머리 여대장이 느긋하게 한마디 중얼거렸다.

"정말 즐거워. 이런 건 진짜 오랜만이야. 평소에는 휴일 밤이 되면 우울해지는걸…… 아침이 되면 또다시 전쟁터에 가야 하는구나 하는 생각이 들어서. 그런데 지금은 내일도 뭘 하면서 놀까? 하고 즐겁게 기대할 수 있잖아. 아아, 생각만 해도 행복해져."

"그래, 신나게 노는 것은 좋은데. 적어도 제 발로 걸어갈 정도의 여력은 남겨둬."

"네, 네."

이스카와 네네의 양손에 의지한 채 생글생글 해맑게 웃는 미스미스 대장.

그런데 그때.

대장의 왼손을 잡고 있던 네네가 화들짝 놀라 멈춰 섰다.

"앗, 대장님. 잠깐 멈춰봐."

"왜~?"

"벗겨진 것 같아."

얇은 셔츠 너머로 희미하게 드러난 초록색 빛——.

그 빛이 미스미스의 왼쪽 어깨에서 흘러나오고 있었다.

"앗! 네, 네네야, 미안해! 내가 눈치를 못 채서⋯⋯."

"아냐~ 뭐 어때. 그냥 밴드 가장자리가 살짝 벗겨진 거니까 괜찮아. 아마 수영장에서 헤엄칠 때 그런 거 아냐?"

소매를 걷어서 밴드를 다시 붙였다.

아까까지 활짝 웃던 미스미스의 표정이 점차 어두워졌다.

"그, 그러고 보니⋯⋯ 나 이렇게 놀고 있을 때가 아니잖아. 이 얼룩을 어떻게든 숨길 방법을 생각해내야 하니까⋯⋯."

"보스 머리로는 생각해봤자 소용도 없으니 그냥 놀아."

"헉, 진 군, 너무해!!"

"나와 이스카와 네네가 열심히 생각했는데도 해결책을 찾아내지 못했다. 한동안 머릿속을 비우고 처음부터 다시 생각하는 게 나아. 아직 60일의 유예 기간이 남아 있으니까."

점점 밑으로 가라앉는 태양.

저격수는 불타오르는 붉은빛으로 변한 지평선을 바라보면서 눈을 가늘게 떴다.

"글쎄, 보스가 정 신경 쓰인다고 하면. 내일 벼룩시장에나 한번 가볼까."

"벼룩시장? 길 안쪽에 있었던 그거?"

"그래. 여기는 독립국가니까. 제국도 황청도 아니기 때문에 **양측**

의 물건이 둘 다 흘러 들어오지. 사실상 암시장이나 마찬가지야."

제국에서 생산된 총과 총탄.

네뷸리스 황청 성령 부대의 전투복에 쓰이는 특수한 금속 섬유.

모두 다 출처 불명의 비공식 아이템이다.

물론 수량이 한정되어 있으므로 가격은 대체로 비쌌다.

"일찍 일어나는 새가 벌레를 잡는다. 그것이 시장의 원리야. 뭔가 살 거면 새벽에 가야 해."

"진 오빠, 우리가 노려야 할 아이템은 혹시 그거야? 어, 저기, 볼텍스에서 대장이 인질로 잡혔을 때……."

"응, 그거야. 샤놀로테 전(前) 대장이 사용했던 밴드."

"놀랐니?"

"마, 마녀?! ━━━━아, 아야!"

"응, 맞아~. 너희들은 마녀라고 부르지. 나도, 내 부하들도 전부 다."

제국군으로 위장했던 샤놀로테 전 대장은 그렇게 말하면서 목에 붙인 밴드를 뗐었다.

성문과 성령 에너지를 숨기는 밴드.

미스미스 대장의 어깨에 붙인 것은 평범한 의료용 테이핑이다. 성문의 빛은 숨길 수 있어도, 성령 에너지는 차단하지 못한다.

"성령 연구는 그쪽이 제국보다 훨씬 더 발달했으니까━━그건 샤놀로테 전 대장도 스스로 인정했었어."

황청은 성령 에너지를 차단하는 특수 섬유를 개발했다.

그것은 제국령 내에는 존재하지 않는다.

"유사품이어도 상관없어. 황청에서 개발된 소재를 입수해야 해. 아니면 최소한 제조법이라도 알아야 해."

"진 군, 역시 굉장해! 나 정말 기뻐. 평소에는 애교 없이 독설만 퍼부어도, 여차할 때에는 진짜로 믿을 만하구나!"

"들러붙지 마. 안 그래도 더운데. 사막에서 왜 이래?"

"헉, 너무해!! 나한테 베풀어줄 인정은 없는 거야?!"

진은 자신에게 와락 달려든 대장을 가볍게 피했다.

"······나 참. 여자가 안아준다는데 굳이 사양하다니. 진 군은 너무 냉정하다니까."

"대장님, 저기 보이네요. 우리 숙소가."

이스카는 대장의 작은 어깨를 두드리면서 길가에 있는 호텔을 가리켰다. 번화가의 고급 호텔에 비하면 좀 수수해 보이지만 이쪽도 등급은 나쁘지 않았다.

게다가 이곳은 제국 계열 호텔이다.

네뷸리스 황청 관계자도 함부로 이 호텔에 침입하지는 못할 것이다.

"대장님, 진 오빠, 빨리 와!"

"아, 맞다. 네네. 진, 대장님. 나 잠깐 환전소에 다녀올게요. 내일 쓸 돈을 바꿔야죠."

눈부신 조명으로 밝혀진 자동문.

거기서 이스카는 제국 은화를 꼭 쥐고, 로비에 들어간 나머지 세 사람을 향해 말했다. 이곳은 제국령 외부. 세계 공통 화폐가 없으면 호텔 숙박료도 지불할 수 없다.

"환전소가 문 닫기 전에 얼른 다녀올게요."

"응~ 알았어. 이스카 군도 빨리 와. 우리 바로 저녁 먹으러 갈 거니까."

"알았어요."

제국 은화를 쥔 채 밖으로 나왔다.

저녁 무렵. 일렁일렁 흔들리는 태양이 이미 절반 이상이나 사막의 지평선 아래로 가라앉아 있었다.

"자, 그럼──."

세 사람과 헤어져 호텔 밖으로 나왔다.

일단 호텔에 들어간 척했다가 금방 밖으로 나온 것이다.

……좋아, 내가 호텔 안에 들어갔다고 생각하고 마음껏 미행해 봐라.

……그럼 여기서 나와 딱 마주칠 테니까.

그래서 일부러 한적한 거주 구역의 호텔을 선택한 것이다. 이곳은 번화가보다 통행인이 적으니까. 누가 길을 걸어 다니면 자연스럽게 눈에 띌 것이다.

그런데 수상한 사람은 없었다.

"……안 따라왔나?"

어젯밤 시스벨은 정말로 멋지게 침입했었다.

모종의 수단을 써서 이스카의 방 번호를 알아내고, 호텔 지배인을 속여 보조 열쇠까지 손에 넣은 것이다. 오늘도 그런 일이 발생하지 않을까? 아니, 혹시 시스벨이 아니라 네뷸리스 성령 부대가 방에 쳐들어온다면——.

그렇게 경계하고 있었는데. 호텔 앞 큰길에는 수상한 사람이 전혀 없었다.

"하긴, 그 아이가 없는 것도 당연한가."

"누구를 찾고 계시나요?"

쿡쿡거리며 웃는 귀여운 목소리.

이럴 수가?!

재빨리 호텔 입구 쪽을 돌아봤다. 그러자 유리 자동문이 열리더니 로비에서 금발 머리 소녀가 유유히 걸어 나왔다.

그 모습을 본 이스카는 놀라움보다도 오싹함을 느꼈다.

"안녕하세요. 이스카. 혹시 저를 찾고 계셨나요?"

"……도대체 무슨 마술을 부린 거지?"

이건 말도 안 된다.

이 아이가 나보다 먼저 호텔에 와서 기다리다니. 어떻게 그럴 수가 있지?

"다시 찾아오겠다고 말씀드렸잖아요. 저는 포기하지 않습니다."

순수한 미소를 거두고 진지한 표정을 짓는 소녀.

어제와는 다른 원피스를 입은 시스벨이 문에서 나오더니 우아하게 치맛자락을 살짝 들어 올렸다.

"그런데 이곳은 너무 눈에 띄네요. 이런 장면을 누군가가 본다면 저에게도, 당신에게도 별로 도움이 되진 않을 텐데요. 우선 자리를 옮길까요?"

"그건 좋은데, 어디로 가지?"

벌써 해가 지고 있었다.

건물 모퉁이는 어둡기도 하고, 지나가는 사람들에게도 보일 것이다. 음식점은 지금쯤 저녁을 먹으러 온 손님들로 꽉 찼을 것이다.

"저기로 갑시다. 저 지평선 쪽에 커다란 건물이 있잖아요?"

시스벨이 가리킨 것은 번화가와는 반대되는 방향――.

사막에 면한 광대한 부지. 그곳에 거대한 공장처럼 보이는 대규모 시설의 실루엣이 자리 잡고 있었다.

"저 시설은……?"

"원유 채굴장입니다. 사막의 지층 심층부에 드릴로 구멍을 뚫어서 원유를 뽑아낸다고 하더군요. 저 자원 에너지가 풍부하기 때문에 제국이 이곳에 주목한다는 소문도 있을 정도예요."

"자세히 알고 있네?"

"제가 이곳에 파견된 목적과도 연관이 있으니까요. 아, 미안하지만 이건 더 이상 설명해줄 수 없어요."

소녀가 장난스럽게 윙크를 했다.

"주택가에서 좀 멀리 걸어가야 할 것 같은데."

"네, 그래서 더 좋은 거죠. 그만큼 출입하는 사람이 적을 테니까요."

"······알았어. 그래도 동료에게 연락할 시간은 줘. 조금 늦게 돌아간다고 해야겠어."

"네, 그러세요."

미스미스 대장과 통화했다.

시스벨은 이스카가 통화하는 모습을 내내 지켜보더니 그 통화가 끝나자마자 손가락으로 사막을 가리켰다.

"자, 그럼 갑시다."

차가운 바람을 받아 머리를 휘날리면서 걸어간다.

원유 채굴장――.

걸어서 20분 정도 걸렸을까. 부지 가장자리에 도착할 때까지 금발 머리 마녀는 의외로 단 한마디도 하지 않았다.

밤이 깊어 간다.

관계자 외 출입 금지――.

그런 간판을 지나쳐서 부지 안으로 들어갔다.

"여기까지 왔으면 괜찮을 테지요. 예상대로 밤에는 아무도 없네요."

시스벨이 뒤를 돌아봤다.

그러자 이스카는 우선 좀 전의 그 충격적인 사건부터 해명해 달라고 요구했다.

"……너의 성령과 관계있는 거지?"

"어머나. 뭐가요?"

"나는 오늘 급히 호텔을 변경하기로 결심했어. 그런데 너는 먼저 와서 기다리고 있었잖아."

이 원유 채굴장에 도착할 때까지 계속 생각해봤다.

그러나 이스카는 결국 시스벨의 성령의 능력이 뭔지 확실히 알아내지는 못했다.

"도대체 무슨 마법을 부린 거야?"

"마법? 후후, 당신도 그런 비현실적인 농담을 다 하는군요? 아니면 내가 그렇게 무서운 마녀처럼 보이나요?"

소녀는 우아한 몸짓으로 자기 가슴에 손을 대면서 이스카를 가만히 쳐다봤다.

마녀——.

스스로 그렇게 말했다.

"네, 당신이 추측한 대로 그것은 저의 성령의 능력입니다."

금발 머리 소녀는 원피스 앞 단추에 손을 댔다. 한 손으로 맨 위의 단추를 풀더니 두 번째 단추를 잡았다.

석양빛을 받으면서 소녀가 자기 옷깃을 풀어헤치는 모습은 한 폭의 그림처럼 아름다웠다.

"?! 지금 뭐 하는……."

"걱정 마세요. 이유 없이 맨살을 보여드리는 것이 아니니까요."

쇄골 아래——.

희미하게 빛나는 성문이 원피스 옷깃 사이로 보였다.

"저의 성령은 과거의 영상을 비추는 영사기 같은 능력을 가지고 있습니다."

"과거의 영상이라고?"

"오늘 정오 이후에 당신이 그 호텔에 전화를 건 것도, 방 번호를 복창한 것도, 언제 체크인할지 이야기한 것도. 저는 전부 다 생생하게 재현할 수 있습니다. 그것을 보고 상황을 알아낸 것입니다."

"……그런 능력이 있다고……?"

이스카도 처음 듣는 성령이었다.

그래, 확실히 호텔에 먼저 가 있으려면 그런 능력이라도 있어야 할 것이다.

그리고 시스벨은 아무렇지도 않게 말했지만, 그것은 틀림없이 시공 간섭 계열의 성령술일 것이다. 수많은 성령 중에서도 특히 진귀하다고 알려진 성령 중 하나.

……미행이 문제가 아니었다. 그보다 훨씬 흉악한 능력이었다.

……첩보에 이용한다면 이보다 더 위험한 능력도 없지 않을까?

이 마녀가 제도에 침입한다면.

기구 사령부의 정보, 제국 의회의 의결 내용, 사도성 및 팔대사도 전원의 프로필 등 온갖 비밀이 까발려질 것이다.

"실은 어제 제가 거짓말을 하나 했습니다. 저의 정체에 관해서."

"거짓말? 시스벨이라는 이름 말이야? 아니면 왕가를 모시는 시

185

종이라는 거?"

"후자입니다. 저는."

여전히 옷깃을 풀어헤친 채.

금발 머리 소녀는 빛나는 성문에 손을 대고 선언했다.

"시스벨 루 네뷸리스 9세. 정통 차기 여왕 계승권자입니다."

"————네가, 왕녀라고?!"

"다만 아쉽게도 이번에는 그 증거를 가지고 오지 않았습니다."

"…………."

"믿으실 수 없나요?"

"……아니, 오히려 믿음이 가."

이스카는 쓴웃음을 지으며 고개를 설레설레 흔들었다.

역시 내 직감은 틀리지 않았다. 빙화의 마녀 앨리스리제를 방불케 하는 이 소녀의 정체는.

……앨리스와 같은 여왕의 딸.

……틀림없다. 이 아이는 앨리스의 친동생이다!

이토록 경이로운 능력을 가지고 있는 것도 이해가 갔다.

이 소녀도 시조의 말예. 순혈종이라고 불리는 성령술사인 것이다.

"난 네가 거짓말을 하지 않았다고 믿어. 그래서 이렇게 놀란 거야…… 아니, 그런데 정말 괜찮겠어? 나는 제국 병사인데."

"그 제국 병사를 제 편으로 만들고 싶어서, 저도 그만큼 가치 있는 카드를 꺼낸 겁니다."

실제로 시스벨 왕녀의 입술은 파르르 떨리고 있었다.

자기가 왕녀라는 사실을 알게 된 제국 병사가 갑자기 돌변하여 자기를 공격할지도 모른다. 그런 중압감을 느끼고 있는 것이리라.

"저에게는 아군이 없습니다. 왕녀이긴 하지만."

"…………."

그 의미를 잠시 헤아려봤다.

"모두들 너의 성령을 무서워하기 때문인가?"

"정확히 말하자면『거북해하는 것』이겠지요. 자세한 사정은 말씀드릴 수 없지만, 우리나라의 여왕님은 현재 위험합니다. 시조의 말예 중 누군가가 그분의 목숨을 노리고 있어요."

"!"

"단순히 황청이 자멸하는 거라고 생각하시나요? 아닙니다. 그자는 황청을 빼앗으려고 하는 게 아니에요. 좀 더 파멸적인, 이 세상의 멸망에 가까운 개악을 원하고 있습니다. 여왕이 목숨을 잃으면 그다음에 그자는 제국과 공멸하려고 할 겁니다."

"……그건 자폭이나 마찬가지잖아. 왜 그런 짓을……."

"황청 내부의 방해자를 없애기 위해서입니다. 강한 힘을 가진 왕가 전체를 전쟁 속에 몰아넣어서 혼란한 와중에 죄다 없애버리려고 하는 것입니다."

그러나――.

그 음모는 시스벨 루 네뷸리스 9세에게는 들키고 말았다. 시스벨의 성령은 모든 음모를 꿰뚫어 볼 수 있으므로.

"그럼 그자가 너까지도 노리고 있는 거야? 여왕의 목숨을 노리는 배신자가?"

시스벨 왕녀는 대답하지 않았다.

그 커다란 눈동자에 깊은 우려의 빛이 깃들었을 뿐이다.

"제가 배신자를 지켜보듯이, 상대도 저를 지켜보고 있을 겁니다. 지금은 아직 누가 배신자의 동료인지도 알아내지 못했고……."

그래서 황청의 부하에게는 의지할 수 없다.

그 부하도 배신자일 가능성이 있으므로.

"저의 성령은 전투에는 아무 도움이 안 됩니다. ……지금 여기서 당신이 나에게 총을 겨눈다면 제 목숨도 사라질 테지요."

자조적인 쓴웃음.

순혈종 마녀는 그 사랑스럽고 가련한 얼굴을 일그러뜨리면서 입술을 깨물었다.

"이스카. 저는 당신을 원합니다!"

간절한 외침.

텅 빈 시설에 가련한 소녀의 목소리가 울려 퍼졌다.

"당신의 가족들과 부대 동료들도 모두 다 국빈으로 황청에 맞아들일 겁니다. 안온한 생활을 보장하겠습니다. 당신은 그저 제 옆에 있어주기만 하면 돼요. 부디 저의 생명을 지켜주세요!"

"———."

"괴물이 여왕을 쓰러뜨리면 우리나라는 꼭두각시가 되어버릴 겁니다. 제국과의 전면전에 돌입할 테죠. 그렇게 되면 당신의 소중한 사람들도 목숨을 잃을지도 모릅니다."

과거를 보는 마녀가 이야기하는 미래.

머잖아 제국과 네뷸리스 황청은 전면전을 벌이게 될 것이다. 그 이야기는 이스카의 귀에도 순 거짓말처럼 들리지는 않았다.

"이스카, 당신은 파멸을 원하나요? 둘 중 하나의 나라가 소멸하고, 나머지 한 나라도 국력이 완전히 쇠하여 쇠퇴한다. 그런 미래를 원하시나요?"

"⋯⋯아니야."

"그렇다면 저와 함께 그 미래를 바꿔주세요."

흥분해서 그런 걸까.

볼이 발갛게 상기된 네뷸리스 황청의 왕녀는 이쪽으로 한 발 내디뎠다.

"진심으로 제국을 배신하라는 뜻은 아닙니다. 3년⋯⋯ 아니, 2년만. 제가 차기 여왕이 될 때까지만 저를 호위해주시면 됩니다. 그 후에는 제국으로 돌아가도 되고 황청에서 살아도 됩니다. 전쟁을 피해 중립도시에 가서 살아도 되고요."

"⋯⋯파격적인 제안이네. 솔직히 말해서 나에게는 너무 과분할 정도야."

"받아들여주시는 건가요?"

이스카의 대답을 긍정이라고 해석했나 보다.

적국의 왕녀는 안심한 얼굴로 오른손을 내밀었다.

"그럼 이스카, 오늘부터 저를 호위해주세요."

"————."

"이스카?"

"······파격적인 제안이지만, 나는 그 손을 잡을 수 없어."

"네?"

얼떨떨한 눈빛.

뭐가 어떻게 된 건지 모르겠다. 시스벨은 그런 곤혹스런 표정을 지으면서 이스카를 머리끝에서 발끝까지 찬찬히 살펴봤다.

"제, 제가 혹시 잘못 들은 건가요?"

"아니. 이유가 있어. 내가 제국 병사로서 싸워야만 하는 이유가."

"그럴 수는 없어. 나는 네뷸리스의 아군이 될 생각은 없어."

"······어째서?"

그렇다.

이것은 아마 별이 주관하는 운명일 것이다.

마녀의 낙원──그 나라의 왕녀들이 제안을 하고, 자신은 그 제안을 거절한다는『엇갈림』의 숙명.

"방금 네가 그랬지. 두 나라의 파멸을 원하느냐고. 물론 그런 것은 원하지 않아."

"그, 그렇다면 왜요?! 이대로 있으면 황청은 꼭두각시가 되고, 양국은 반드시 전면전으로 치닫게 될 텐데요?! 그런 미래를 회피하려면······."

"거기서 우리 의견이 차이가 나는 거야."

"네?"

"나는 **양국의 전쟁 자체를 종결시키고 싶어.**"

"무…… 무슨 수로?"

"평화 협정을 통해서."

"말도 안 돼요! 그런 것은 절대 불가능합니다!"

왕녀의 말투에 노기가 어렸다.

"그것은 설령 제가 여왕이 되더라도 실현 불가능하다고 단언할 수 있습니다. 우리나라의 국민은…… 결코 제국을 용서하지 않을 것입니다."

"응, 나도 알아."

……이미 안다.

……앨리스한테서도 들은 이야기니까.

그래서 이스카의 결심이 흔들렸느냐 하면, 그 대답은 『No』였다.

전면전이 벌어질 거라고?

그래, 좋아. 그렇다면 더더욱 힘내서 **전면전이 벌어지기 전에 이 전쟁을 종결시킬 테다.** 그것이 이스카의 결심이고, 앨리스나 시스벨과의 이념적 차이였다.

"그러니까 나는 네 부하가 될 수 없어."

"……그럴 수가…….."

비틀. 금발 머리 소녀가 뒷걸음질 쳤다.

무릎의 힘이 빠져 쓰러질 뻔했지만, 상야등에 기대어 가까스로 버티고 섰다. 그 정도로 시스벨은 순식간에 기력을 잃어버렸다.

"━━━━━으…… 윽……."

가냘픈 어깨가 흔들렸다. 희미한 오열이 새어나왔다.

이를 악물고 참으려고 했지만, 그래도 앙다문 이와 이 사이로 비통한 탄식이 서서히 흘러나왔다.

"…………역시…… 나에게는, 아군은 없는 거군요…………."

피를 토하는 듯한 한마디.

"안타깝게 됐구나. 시스벨 군. 나도 정말 안타깝다고 생각해."

그때 등 뒤에서 누군가가 전혀 예상치 못한 맞장구를 쳤다.

"추운 밤에 소녀가 흘리는 눈물. 참으로 아름답구나. 마치 한 폭의 그림 같아. 그런데 그것도 혹시 제국 병사의 동정을 사기 위한 연출인가?"

상야등 불빛을 받으면서 누군가가 나타났다. 검은 옷을 입고 가면을 쓴 남자였다.

그리고 그를 호위하는 무장 집단 네 명. 다들 리조트에는 어울리지 않는 짐승 가죽 조종사복을 입고 머리에는 헬멧을 뒤집어쓰고 있었다.

"시스벨 군. 병사를 모집하느라 고생이 많아 보이는군."

"가면 경?!"

시스벨이 경악하여 외쳤다.

"다, 당신이 왜 여기에……."

"휴가를 즐기러 왔지. 나라의 번잡함을 잠시 잊고 리조트로 놀러 온다. 이상한 점이라곤 하나도 없지 않은가?"

가면 쓴 남자는 과장된 몸짓으로 고개를 흔들었다.

한편 이스카는 말없이 뒷걸음질을 쳤다. 저놈은 나도 아는 녀석이다. ……그렇게 단순하게 설명할 수 있는 상대가 아니었다.

……저놈은 볼텍스에서 미스미스 대장을 구속했던 녀석이다!

……이곳은 황청도 전장도 아닌 독립국가인데. 도대체 어떻게 된 거지?

이스카가 싸운 상대는 순혈종 키싱이었지만, 키싱을 데리고 있던 이 남자도 정체 모를 불길한 분위기를 지니고 있었다.

"오히려 자네야말로 이상해. 시스벨 군."

가면 쓴 남자가 손가락으로 이쪽을 가리켰다. 왕녀는 흠칫했다.

"옆에 있는 그 소년은 누구인가?"

"이, 이 사람은……."

"거짓말할 필요 없어. 나와 그 제국 검사는 전에 볼텍스 사건 현장에서 마주쳤거든. 그때는 서로 어설프게 얽혔다가 금방 헤어졌지만."

쿡쿡. 가면에서 조그만 냉소가 흘러나왔다.

"운이 참 좋군. 전에 뮈드르 협곡에서 마주치지 않았더라면, 자네와 대화하는 그 소년이 제국 병사일 거라고 단정하지는 못했을 텐데. 그러나 이제는 늦었어. 너희의 대화에 관한 증거는 이미 손에 넣었다."

가면 쓴 남자는 손에 녹음기를 들고 있었다.

일부러 보란 듯이 그것을 앞으로 내밀더니, 슈트 주머니에 집어넣었다.

"여왕님께서 크게 낙담하실 테지. 딸이 제국과 손을 잡으려고 하다니."

"아니, 잠깐만요! 가면 경! 저는 제국과 한편이 된 게 아닙니다. 오히려 그 반대입니다. 저는 배신자를 처단하고 우리나라를 구하기 위해서——."

"배신자는 자네야."

"······!"

냉혹한 선언. 금발 머리 소녀는 눈을 휘둥그렇게 떴다.

"네, 그렇군요······."

차가운 말투.

시스벨은 이스카에게는 한 번도 보여주지 않았던 분노에 찬 눈빛으로 가면 쓴 남자와 부하들을 노려봤다.

"조아 가문에게는 사건의 진상이 중요한 게 아닐 테지요. 정보 조작에 사용할 만한 단편적인 대화 증거만 있으면 되는 거잖아요. 여왕을 함정에 빠뜨리기 위해서."

"글쎄, 자네 마음대로 생각하게. 어차피 이제는 뭘 해도 늦었지만."

"······내가 어디로 갔는지 가르쳐준 사람은 누굽니까?"

"다시 한 번 말하지만, 난 그저 리조트에 놀러 왔을 뿐이야. 그리고 유감이구나. 시스벨 군. 제국에 협력한 반역 혐의로 자네를 체포해야겠어."

네 명의 부하가 일제히 전투태세를 취했다.

그 모습을 본 이스카가 무슨 말을 하기도 전에 금발 머리 소녀가 재빨리 등을 돌렸다.

어두운 밤길——.

약한 조명으로만 밝혀진 원유 채굴장 안으로 시스벨은 최선을 다해 도망쳤다.

"도망치는 건가? 밀라베어의 딸다운 행동이야. 순순히 잡힐 줄 알았는데 끝까지 저항하는군. 이 밤의 어둠 속에 숨어버리면 추적하기도 쉽진 않은데."

"……가면 경이라고 했나?"

멀어져가는 시스벨을 곁눈질로 보면서.

이스카는 가면 쓴 남자와 대치했다.

"너희들은 동료 아니야? 같은 황청 사람들이잖아?"

"시스벨 군과 나와의 관계를 묻는 건가? 그럼 한마디로 대답해주마. ——『같잖은 소리 하지 마라』."

가면에서는 꽉 눌러 죽인 원망과 한탄의 감정이 흘러나왔다.

"황청도 하나로 똘똘 뭉친 것은 아니다. 자네도 경험해봐서 알 테지? 그 아이는 하필이면 제국 병사를 부하로 삼으려고 했어. 그 것은 아주 무거운 죄야."

"……왜 나에게 그런 말을 했는지. 그 이유는 물어보지 않는 건가?"

시스벨 왕녀는「신용할 수 있는 동료가 없다」고 이스카에게 고백했다.

이스카는 사정상 시스벨의 제안을 받아들이진 못했지만, 시스벨이 얼마나 심하게 고뇌하다가 그런 결단을 내렸는지는 이해할 수 있었다.

그 소녀는 열심히 자기 나라를 지키려고 했다.

……앨리스와 마찬가지였다.

……우리는 적이니까 서로 손잡을 수는 없지만. 서로의 신념은 이해했다.

"저 소녀는 왕족이야. 그런데도 굳이 제국 병사에게 말을 걸었으니, 어지간히 중대한 이유가 있을 거라고 생각할 수 있잖아?"

"기가 막히는군."

가면 경이 탄식을 했다.

"이유 따윈 중요하지 않아. 이것은 왕가에서 벌이는 게임이다. 여기서 시스벨은 사기를 쳤어. 제국 병사라는 이 게임판 바깥의 장기말을 끌어다 놓으려고 했지. 사기를 친 이유가 뭔지 물어볼 필요는 없다. 규칙 위반. 그것 자체가 범죄야."

"그렇다면——."

"밤중에 소란을 피우는 것도 엄연한 범죄다. 소음 공해가 너무 심하잖아."

확! 하고 강렬한 빛이 비쳤다.

거대한 원유 채굴장의 램프가 켜진 것이다. 밤의 장막에 감싸인 부지 전체가 대낮처럼 환하게 밝아졌다.

"진?!"

"나 참, 늦게 온다기에 무슨 일인가 했더니, 양아치들한테 붙잡혔던 거냐? 저거 봐, 보스. 느긋하게 고깃집이나 고르고 있을 때가 아니었잖아?"

"여기서 꼭 그런 말을 해야 해?!"

채굴장의 어둠 속에서 나타난 진과 미스미스 대장. 한 발 늦게 이스카의 성검을 소중하게 끌어안은 네네가 뛰쳐나왔다.

"앗, 당신은! ……그때 나를 걷어찼던 마인이잖아!"

"안녕하신가. 인질 씨. 내가 볼텍스에 빠뜨렸는데도 용케 무사히 생환했네? 축하해. 건강하게 잘 지냈나?"

깊은 관계를 지닌 두 사람.

미스미스에게 삿대질을 당한 가면 경은 유쾌하게 어깨를 으쓱했다.

"흠, 이제야 알겠다. 시스벨 군이 자기 부하로 삼으려고 했던 것은 한 명이 아니었어. 부대 하나를 통째로 끌어들일 셈이었군?"

"이상한 헛소리 하지 마라."

은발 저격수가 날카롭게 쏘아봤다. 아직 꿈쩍도 하지 않는 네 명의 부하들을.

시스벨이 가면 경이라고 부른 남자는 틀림없이 순혈종일 것이다. 그렇다면 이 네 명은 왕가를 모시는 호위병일 터.

그런데.

"착각하지 말아주시게. 자네들에겐 싸울 마음이 있을지 몰라도, 우리에겐 없어."

"⋯⋯뭐라고?"

"우리는 황청의 동지를 데리러 왔을 뿐이다. 이 독립국가 알사미라 내에서 제국 병사와 불장난을 하고 싶지는 않아."

시스벨 왕녀와 제국 검사의 대화는 녹음기에 녹음되어 있다. 가면 경이 그것을 이용해 무엇을 할 속셈인지는 몰라도.

⋯⋯어떻게 할까. 잘 판단해야 할 상황이다.

⋯⋯사실 우리가 위험을 무릅쓰고 시스벨을 돕기 위해 싸워줄 이유는 없었다.

특히 미스미스 대장, 진, 네네는 더욱 그럴 것이다.

가면 경이 무슨 계략을 꾸미고 있더라도 어차피 그것은 네뷸리스 황청이라는 적국 내부의 분쟁과 관련된 것이다. 제국 부대가 개입할 필요는 없다.

"이해했지? 자, 그럼. 시스벨 왕녀 포획을 시작하자. 단, 정중하게 대해라. 설령 배신자여도 왕녀를 다치게 했다가 국민들이 반발하기라도 하면 성가시니까."

가면 쓴 남자가 손가락을 딱 튕겼다.

이에 응답하여 움직인 것은 등 뒤의 부하 네 명————**이 아니었다.**

예상외의 존재.

이스카를 비롯한 제907부대는 물론이고, 가면 경이 이끄는 네 뷸리스 황청의 정예병들조차도 이 제삼자의 갑작스런 난입은 전혀 예상하지 못했다.

"……뭐지?"

사막의 모래를 대량으로 휘날리면서, 칠흑의 장막을 뚫고 낙하하는 엄청난 중량의 물체.

쿵. 대지를 뒤흔들며 나타난 그것의 정체는——.

칠흑의 중장갑 기체.

인간을 몇 배로 불려놓은 듯한 거체는 높이가 3미터쯤 되어 보였다.

여러 겹의 금속 장갑으로 뒤덮인 그 물체의 질량은 방금 그 땅울림으로 미루어 볼 때 대형 트럭과 비슷하거나 그 이상이었다.

오른손에는 강화 세라믹 대검. 왼손에는 성령 대항용 방패.

마치 기사와도 같았는데——.

그 장엄한 모습을 보자, 가면 경조차도 경계하면서 빠르게 뒤로 물러났다.

"오브젝트(섬멸 물체)?!"

모래먼지 속에서 네네가 외쳤다.

"말도 안 돼…… 저 녀석이 제국 밖으로 파견된다는 이야기는 들어보지 못했는데. 도대체 왜?"

『성령 에너지 감지.』

기계 음성.

원유 채굴장에 모여 있는 자들을 하나하나 순서대로 감정하듯이 빙글 둘러보는 대형 기체. 그 시선이 우선 가면 경과 그의 부하 네 명에게 쏟아졌다.

『성령 반응체. 하나, 둘, 셋, 넷, 다섯…….』

마지막으로.

그 기체는 미스미스를 돌아봤다.

『성령 반응체, 여섯. 집계 완료. ──우선 구속 대상「순혈종 9LC」의 추적을 개시한다.』

"……안 돼!"

네네가 비명을 질렀지만 소용없었다.

장갑 기체는 허공으로 뛰어올라 일직선으로 채굴장 안쪽을 향해 날아갔다.

시스벨 왕녀가 도망친 방향으로.

"이스카 오빠, 저 기체를 쫓아가자! 저놈을 놓치면 안 돼. 파괴해야 해!"

"아니, 하지만 저건 제국의 병기잖아?"

……오브젝트. 그것은 분명히 제국의 무인 기체의 샘플 이름일 텐데.

……성령술사를 상대하는 병기다.

다시 말해 우리의 아군이다.

일류 기계 기술자인 네네가 그 사실은 가장 잘 알 텐데. 어째서——.

"저놈이 대장님의 데이터를 입수했어."

"……아, 그렇구나!"

"어? 뭐, 뭐야? 내가 뭐 어쨌다고?"

"보스는 잠자코 모르는 척하고 있어. 이스카, 네네와 같이 저놈을 쫓아가!"

밤공기를 찢는 진의 포효.

그 기세에 떠밀리듯이 이스카는 네네와 정확히 동시에 지면을 박차고 달려갔다.

……저 기체는 미스미스 대장을 「여섯」으로 계산했다.

……저놈이 제국으로 돌아가면 만사 끝장이다. 대장이 마녀가 됐다는 사실이 사령부에도 알려질 것이다!

당장 막아야 한다.

"도대체 뭐냐. 파괴한다고? ……설마. **모든 것을 우리에게 뒤집어 씌울 셈이냐!**"

가면 경의 말투에서 차가운 분노가 느껴졌다. 이 남자는 순식간에 눈치챈 것이다. 적군인 제국 부대가 무엇을 하려고 하는지.

"다들 서둘러라. 시스벨 왕녀를 붙잡아서 철수하자!"

"그러게 놔둘 순 없지."

어둠을 가르는 총성.

땅을 박차고 달려가려던 성령술사들의 눈앞에서 총탄이 허공을 뚫고 지나갔다.

"빨리 가. 네네, 꾸물거리지 마."

"알았어, 걱정 마!"

네네가 가속. 이스카의 뒤에 바짝 붙었다.

지금 가면 늦지는 않을 것이다. 날아서 시스벨을 쫓아간 그 오브젝트를 따라잡을 수 있으리라.

——모래먼지가 가라앉았다.

조용해진 그 자리에는 제국 병사 두 명과 성령술사 다섯 명이 남아 있었다.

"마음에 안 들어."

가면 쓴 남자가 가면을 손가락으로 탁 두드리면서 말을 이었다.

"우리는 소란을 피울 생각은 없었다. 동포를 데리고 돌아가는 것만이 목적이었지. 그런데 제국 병사가 그 동포를 감싸다니, 대체 이유가 뭐냐?"

"엉뚱한 지적이군."

"뭐라고?"

"너는 머리회전은 빠르지만 핵심은 놓치는 타입이구나."

미스미스 대신 앞으로 나서는 은발 저격수.

가면 경은 눈치채지 못했다——.

언제나 냉정하고 침착한 이 제국 병사의 음성에 고요한 분노가 섞여 있다는 사실을.

"네놈이지? 볼텍스에서 우리 보스를 공격한 범인이."

"…………."

"그게 이유다."

순혈종을 포함한 정예병 다섯 명.

그들에게 겨우 두 명이서 도전하는 상황임에도 불구하고, 그 전의와 자신감은 흔들리지 않았다.

"내가 네놈을 때려눕히고 싶어 하는 이유야."

———————

오브젝트.

이것이 비상할 때 방출하는 빛과 증기가 하늘에 하얀 궤적을 그렸다.

……오브젝트는 샘플의 총칭이다.

……제국의 연구 기관이 만들어낸 「마녀사냥」 기계병이란 사실은 알고 있었다.

성령 에너지를 감지해서 마녀를 추적하는 처형 집행병(執行兵).

문제는 그 기체의 성능이다.

제국의 성령 연구 기관 오멘의 양산형일까, 또는 한 세대에 하나뿐인 특수 타입일까. 아니면 아직 세상에 알려지지 않은 『비공식』 타입일까.

"하늘을 나는 부속품은 없을 텐데. 저렇게 무거운 기체를 날릴 수 있는 추진력이라니, 그런 것은 네네도 들어본 적이 없어."

"……최신형인가?"

"모르겠어. 오브젝트에 속하는 샘플인 것 같은데."

빛의 궤적이 이어지는 곳으로.

이스카는 네네와 함께 원유 채굴장 부지를 가로질러 쉼 없이 뛰어갔다. 빛의 궤도가 서서히 낙하하고 있었다. 목표물을 발견했나 보다.

마녀 시스벨을.

"이스카 오빠, 일단 저 기체를 제도로 돌아가게 놔두면 안 돼!"

네네가 숨을 헉헉 몰아쉬면서 말했다.

"저 기체가 확인한 『마녀들』 중에 미스미스 대장이 끼어 있어. 사령부가 그 데이터를 본다면, 대장이 마녀가 됐다는 것을 알게 될 거야!"

"나도 알아. 저걸 파괴해서라도 막아야 해."

단순히 파괴하는 것만으로는 부족하다.

오브젝트는 순혈종 시스벨을 추적하는 도중에 시스벨 및 호위병들에 의해 파괴되었다. 그런 식으로 사령부의 눈을 속여야 한다.

……결과적으로는 내가 시스벨을 구해주는 건가.

……아니, 이게 진짜로 마지막이다!

적국의 공주님을 도와줄 수는 없다.

사실 시조의 말예는 이스카가 꼭 사로잡아야 하는 존재니까. 그의 비원(悲願)인 평화 협상을 위해서.

"평화 협상을 원한다는 거야? 그건 불가능해."

"내가 생각한 방법은 네뷸리스의 직계 후손을 붙잡는 것이었어."

100년이나 이어져온 전쟁의 역사상 제국군은 순혈종을 포획한 적이 한 번도 없었다.

그렇다고 알려져 있었다. 이스카도 믿어 의심치 않았다. 그렇기 때문에 평화 교섭을 위해서 스스로 순혈종을 붙잡기로 결심했다.

그런데 설마━━.

"제 이름은 시스벨입니다. 기억해주셔서 영광이에요."

"시스벨 루 네뷸리스 9세. 정통 차기 여왕 계승권자입니다."

어떻게 이런 일이 일어났을까.

참으로 불가사의한 운명이었다. 내가 붙잡아야 할 순혈종을 설마 내 손으로 놓아줬을 줄이야.

……그리고 지금도.

……나는 시스벨을 눈앞에 두고도 붙잡기는커녕 도와주려 하고 있었다.

미스미스 대장님을 돕는다. 오브젝트를 파괴한다.

순혈종을 구속할 여유 따윈 없었다.

"곤란하네……."

이렇게 심각한 상황인데도 어째서인지 입술 사이로 메마른 쓴웃음이 비어져 나왔다.

"나름대로 온 힘을 다해 노력하고 있는데도 왜 이렇게 된 걸까. 얄궂은 운명이야."

"어, 이스카 오빠? 뭐라고 했어?"

"……아냐. 서두르자, 네네. 오브젝트를 놓치면 안 돼."

이스카는 어금니를 꽉 깨물고 빛의 궤적을 쫓아 달려갔다.

5

──출입 금지.

그런 표지판이 걸려 있는 난간을 뛰어넘었다.

산처럼 우뚝 솟은 거대한 원유 채굴장을 쳐다보면서 끊임없이 부지 안쪽으로, 더 깊은 안쪽으로.

소녀는 목적지도 없이 계속해서 달려갔다.

"……윽…… 허억…… 아아……!"

어디로 가는 걸까?

이렇게 숨을 헉헉 몰아쉬면서, 땀을 뻘뻘 흘리면서.

어디로 도망치는 걸까?

어차피 붙잡힐 것이다. 이 채굴장의 어두운 곳에 숨어서 밤을 보내더라도, 아침이 되면 가면 경의 부하가 자신을 찾아낼 것이다.

황청까지 들키지 않고 무사히 도망친다 해도 소용없었다. 자신이 제국 병사와 나눈 대화 내용은 이미 녹음되었으니까.

아무것도 의미가 없었다.

도망쳐도, 들켜도 결과는 똑같은데.

"……헉, 헉…… 아…… 크윽!"

이제 다 끝났다.

나는 제국 편에 붙은 배신자로서 유폐될 것이다.

이로써 왕가에 숨어 있는「그 괴물」과 싸울 사람은 사라지고, 어머니는 생명이 위태로워질 것이다. 현재 정권은 붕괴되고 네뷸리스 황청은 파멸할 것이다.

제국과의 전면전.

전쟁은 이 별을 완벽하게 파괴할 때까지 계속될 테고, 마지막에는 모두가 사라질 것이다.

그런데————.

나는 어째서 달리고 있는 걸까요……!

눈에 눈물이 고여서 세상이 온통 일그러져 보였다.

달리기에 부적합한 구두는 금방이라도 벗겨질 것 같았다. 숨이 턱턱 막히고, 옆구리가 쿡쿡 쑤셨다.

그런데 왜.

"……나를 얕보지 마세요!"

나도 오기가 있다.

설령 누명을 쓰고 유폐된다 해도, 시스벨 왕녀로서 해야 할 일이 남아 있었다.

그것은 바로 배신자를 정확히 알아내는 것이었다.

"가면 경! 당신에게 나에 관한 정보를 가르쳐준 사람은 누구입니까!"

시스벨의 행선지는 공표되지 않았다. 왕궁 내에서도 그것을 아는 사람은 극히 적었다.

시종인 슈바르츠는 늘 자기 곁에 있었다.

여왕님도 논외다.

그러므로 용의자는 장녀 일리티아와 차녀 앨리스리제. 둘 중 하나였다.

……왕궁으로 돌아가기만 하면 등불의 성령으로 확인할 수 있어요.

……지난 며칠 사이에 누가 가면 경과 접촉했는지.

오기로 사막을 기어서라도 반드시 도망쳐서 왕궁으로 돌아갈 것이다. 체포되는 것은 그다음이다.

여왕님께 이 사실을 알리기만 하면, 그분의 목숨은 지킬 수 있을지도 모른다.

그러면 황청은 지킬 수 있다.

"나라를 지킨다…… 그것이 왕녀의 숙명입니다!"

오기가 있다.

그것이 나의 긍지다. 어머니와 신하들에게 의심받더라도, 왕녀로서의 임무를 다할 때까지는————.

『우선 구속 대상「순혈종 9LC」, 지금부터 확보한다.』

………….

…………뭐라고?

순혈종 9LC. 시스벨은 그것이 자신을 가리키는 용어라는 것을 깨닫지 못했다. 차가운 기계 음성, 그리고 거대한 그림자가 하늘에서 날아 내려왔다.

시스벨의 눈앞에.

"오브젝트?! 제국의 기계 병사…… 설마 나에 관한 정보가 제국까지 흘러들어간 건가요!"

가면 경뿐만이 아니었다.

시스벨이 이 나라를 방문했다는 사실이 배신자에 의해 제국에까지 알려진 것이었다.

"크윽!"

망설이지 않고 즉시 방향을 바꿨다.

자기 앞을 가로막는 기체에게 등을 돌리고 달렸다. 그런데 그 순간.

──뿌득.

기분 나쁜 소리가 났다. 다리 내부에서 뭔가가 삐걱거리는 소리. 그 직후, 시스벨의 왼발은 더 이상 움직이지 않게 되었다. 왼쪽 장딴지에서 격통이 발생했다. 하반신이 경련을 일으켰다.

『진압탄 명중.』

시스벨은 그대로 고꾸라졌다.

딱딱한 지면에 쿵 부딪칠 것이다. 그렇게 각오했을 때──.

"따라잡았다."

?!

지면에 격돌하기 직전이었던 시스벨의 몸이 허공에서 누군가에게 안겼다.

"이스카 오빠, 벌써 자동 배제 모드로 변했어. 위험해!"

"나도 알아."

검은색과 하얀색 쌍검을 쥔 제국 검사.

바로 뒤에 있는 자신을 보호하려는 듯한 자세로.

"이번 한 번만……은 아닌가? 이게 두 번째니까."

전직 사도성 이스카.

1년 전, 자신을 감옥에서 구해줬던 검사는 복잡한 쓴웃음을 지으며 이쪽을 돌아봤다.

"참 기묘하구나. 우리의 인연은."

Chapter.5
『마녀사냥 처형 집행체』

the War ends the world /
raises the world

1

독립국가 알사미라의 번화가──.

밤의 어둠이 한층 더 깊어졌고, 빌딩들 사이에 부는 바람은 뼛속까지 파고들 정도로 차가웠다.

"어쩌지? 너무 늦게 도착해버렸네."

여행용 캐리어를 끌면서.

앨리스는 정적에 휩싸인 대로를 성큼성큼 걸었다.

드넓은 사막을 횡단하고. 고급 주택이 늘어서 있는 교외를 택시로 가로질러서 방금 전에 이 번화가에 도착했다.

……시스벨이 묵는 호텔은 린이 미리 조사해줬는데.

……이 시간에는 저녁식사를 하고 있을까? 아니면 일찌감치 잠들었을까?

오늘 밤에 여동생과 함께 저녁식사라도 할까 했는데. 사막 횡단 도중에 기괴한 발자국이 발견되는 바람에 버스 도착이 예정보다 늦어지고 말았다.

"그것은 발자국이었다."

"인간보다 훨씬 더 거대한 「무언가」가 두 다리로 걸어서 사막을 이동한 흔적이었다."

인간의 발자국보다 훨씬 더 컸다.

그리고 그곳에 기계유가 남아 있었으므로 앨리스는 그 발자국의 주인공이 제국의 기계 병사일 것이라고 추측했다. 그래서 서둘러 달려왔는데.

"제국이 이 나라를 침략하려고 기계 병사를 보냈다……고 생각했지만, 그게 아니었나 봐. 전혀 그런 분위기가 아니네."

교외도 번화가도 평화로웠다.

만약 제국의 기계 병사가 한 놈이라도 여기 쳐들어왔다면 지금쯤 경비대가 총출동해서 난리가 났을 것이다.

"……앨리스 님?"

"어?"

그때 코앞에서 누군가가 말을 걸었다.

정면에서 이쪽으로 걸어오는 노인의 존재를 미처 눈치채지 못했다. 사막에 남겨진 발자국의 정체와, 여동생을 설득할 방법을 생각하느라 머릿속이 복잡했기 때문이다.

"아, 역시! 앨리스 님이셨군요!"

그는 단정한 양복을 입은 노신사였다.

시종 슈바르츠. 시스벨을 어릴 때부터 돌봐준 시종이며, 방 안에 혼자 틀어박히게 된 시스벨이 유일하게 믿고 의지하는 부하였다.

"슈바르츠. 시, 신기한 우연이네. 여기서 만나다니……."

내심 당황했다.

이 노인이 번화가에 있으면 당연히 시스벨도 근처에 있을 텐데. 아, 어쩌지. 아직 마음의 준비를 못 했는데. 이렇게 우연히 딱 마주치다니.

"저, 저기, 시스벨은——."

"혹시 시스벨 님을 못 보셨나요?!"

"……으응?"

무슨 소리지?

내 동생은 이 시종과 함께 다니는 게 아니었나?

"시스벨 님과 연락이 안 됩니다. 사정이 있어서 혼자 볼일을 본다고 하셨는데요."

"뭐라고?"

좀 더 자세히 이야기해봐.

가로등 아래에서 앨리스가 노인에게 좀 더 가까이 다가간 순간——.

팍! 하고 푸르스름한 빛이 허공을 갈랐다.

"앗?!"

번화가에서 벗어난 도시 교외 방향에서 빛이 발생했다.

방금 전에 앨리스가 지나쳐왔던 장소.

……꽤 멀리 떨어진 곳이야. 별장이 있는 주택가보다 더 먼 곳.

……원유 채굴장 상공?

빛은 순식간에 어둠 속에 녹아들어 사라졌다. 그러나 이렇게 멀리 떨어진 지상에서도 보일 정도였으니까. 광량이 상당했을 것이다.

그것은 앨리스가 보기에는 성령 에너지의 빛과 매우 흡사했다.

"앨리스 님. 왜 그러십니까?"

앨리스를 쳐다보고 있던 노인은 자기 등 뒤에서 빛이 번쩍이는 것도 몰랐나 보다. 아마 번화가나 호텔 창가에서도 그 순간적인 장면을 목격한 사람은 없을 것이다.

"설마…… 역시 제국군의 소행인가?!"

사막에서 본 발자국이 머릿속에 선명하게 떠올랐다.

상식적으로 생각한다면 제국군이 이토록 당당하게 이 나라에 쳐들어올 가능성은 없어 보였지만, 현재 앨리스로서는 제국이 그렇게까지 할 만한 동기가 무엇인지 짚이는 바도 있었다.

이 나라에는 시스벨이 있으니까.

네뷸리스 여왕의 딸은 제국군의 표적이 되기에 충분했다.

……그런데 어떻게 시스벨이 있는 곳을 알아냈을까?

……그 아이의 원정에 관해서 아는 사람은 극소수의 왕족들밖에 없는데.

앨리스와 여왕, 장녀 일리티아.

그리고 조아 가문과 히드라 가문도 아마 독자적인 정보망을 통해서 파악하긴 했을 것이다. 하지만 진짜로 그게 전부였다.

그중 누군가가 시스벨을 제국에 팔아넘긴 건가?

"아냐, 앨리스. 정신 차려. 그런 문제는 나중에 생각하자. 어쨌든 제국군 병사가 숨어 들어왔을 가능성이 있어. 지금 그 빛도 교전에 의해 발생한 거라면⋯⋯."

"저, 앨리스 님?"

"슈바르츠, 내 짐을 맡아줘. 시스벨의 연락이 올 때까지 여기서 대기하고 있어!"

앨리스는 캐리어를 내팽개치고 밤의 번화가를 달려갔다.

교외──.

사막과 인접한 원유 채굴장으로.

"제국군이 왔다고? 웃기지 마."

차가운 바람을 가르고 달렸다. 자매들끼리 사이가 나빠졌다든가, 그런 것은 문제가 아니었다. 시스벨은 약하다. 자기 혼자서는 제 몸을 지키지도 못한다.

그렇다면.

당연히 언니가 동생을 지켜줘야지.

"내 동생한테 손대면 진짜로 가만두지 않을 거야!"

2

성령 연구──.

제국 전역에서 금지되어 있는 이 유일한 연구 분야에서 예외적으로 성령 연구를 허락받은 기관이 있었다.

단일 집적 지성체 『오멘』.

팔대사도의 의결을 통해 창설된 성령 연구 기관. 그곳에서 탄생한 것 중 하나가 오브젝트——즉, 「마녀사냥」 처형 집행 병기였다.

그놈의 코앞에서.

"……이, 이스카, 뭐예요?"

금발 머리 마녀 시스벨이 겁에 질린 표정으로 시선을 들었다.

"왜 나를 따라온 거죠? 이제 와서…… 서, 설마 이 병기는 당신이 투입한 건가요?"

"나한테 그런 권력은 없어. 1년 전에 사도성을 그만뒀으니까."

"…………."

굳이 설명하지 않아도 시스벨이라면 이해할 것이다.

이스카는 사도성 지위를 잃었다. 다른 누구도 아닌 시스벨을 탈옥시킨 데 대한 벌로서.

"그렇다면."

마녀 나라의 공주님이 입술을 깨물며 말을 이었다.

"이제 와서 뭐 하는 겁니까? 당신은 나의 아군이 될 수 없다고 했잖아요!"

"응, 그랬지."

"그럼 왜 여기에——."

"1년 전."

"네?"

"1년 전부터 그랬어. 나는 제국 병사이고, 너는 황청의 성령술사야. 나는 네 편이 될 수 없어. 하지만 너를 탈옥시켰지. 나는 그때나 지금이나 똑같아."

"…………."

"나에게도 사정이 있어. 너에게 이야기하지 않은 사정이 아주 많아."

흑과 백의 쌍검.

이스카는 과거에 스승님께서 물려주신 그 성검을 손에 쥐고, 정면에 있는 「움직이는 병기」를 돌아봤다.

『구속 대상 「순혈종 9LC」──.』

이 병기는 오로지 「적」과 「적 이외의 존재」만 식별한다.

마녀의 구속을 방해하는 존재는 모두 다 적. 왜냐하면 제국 병사가 마녀를 도와줄 리 없으니까. 그런 가정하에 프로그래밍 되어 있었다.

"나는 이놈을 파괴할 거야. 너를 쫓아온 가면 쓴 남자도 지금 내 동료가 막아주고 있어."

오브젝트를 파괴한 것은 황청의 성령술사다.

사령부에 그런 착각을 심어줘야 하니까. 가면 경이 이곳에 오면 곤란하다.

"……저를 구해준다고요?"

"결과적으로는 그렇게 될 테지. 적어도 너를 이 오브젝트나 가면 경에게 넘겨줄 생각은 없어."

"!"

작은 왕녀가 고개를 숙였다.

언니인 앨리스에 비하면 아직은 미성숙해서 목소리도 외모도 어린 소녀가.

"……이스카."

연약한 음성으로 그 이름을 불렀다.

"당신은 치사해요. 그런 의미심장한 짓을 하니까, 그렇게 다정한 모습을 보여주니까, 내가 자꾸만 당신에게 매달리고 싶어지는 거잖아요……."

"그것과 이것은 별개의 문제야."

기계 병사에게서 구동음이 발생했다.

정확히 그 순간에 이스카는 지면을 박찼다.

오브젝트가 강화 세라믹 대검을 휘둘렀다. 오브젝트의 등에서 튀어나온 강철 손이 그 검을 쥐고 있었다.

"네네, 평소처럼 하자."

"응, 이스카 오빠. 나한테 맡겨!"

이스카는 홀로 오브젝트를 향해 정면으로 돌진했다.

……자동 배제 모드가 발동됐다.

……이미 저 녀석은 나를 적으로 취급하고 있을 것이다.

마녀의 아군.

그것은 당연히 제국의 적이므로.

──휘잉!

바람을 가르고 대기를 찢는 소리.

밤의 어둠과 동화된 칠흑의 기계 병사. 게다가 그가 휘두르는 검도 회색이었다. 육안으로 식별하기도 어려운 그 칼날을 향해 이스카도 흑의 성검을 내리쳤다.

"이얍!"

『─────.』

세계에 딱 한 쌍밖에 없는 성검.

그리고 제국의 핵심 기술의 결정체인 강화 세라믹 대검. 강철조차 자를 정도로 강한 칼날들이 정면으로 맞붙었다.

아니, 충돌했다.

"……윽?!"

금속이 마찰되는 기분 나쁜 소리가 울려 퍼지더니 이스카의 몸이 허공에 붕 떠올랐다. 그대로 원유 채굴장을 둘러싼 펜스를 향해 튕겨져 날아갔다.

"이스카 오빠?!"

"이스카!"

네네와 시스벨.

두 소녀가 저마다 그의 이름을 부르자, 이스카는 허공에서 고양이처럼 몸을 회전시켰다. 등에 부딪칠 뻔했던 펜스에 아슬아슬하게 양발을 대고 착지했다.

……호랑이와 쥐의 싸움이다.

……처음부터 알고 있었지만. 인간의 능력으로 도전해봤자 승산이 없었다.

질량 1만 킬로그램에 육박하는 저 강철 덩어리를 구동시키는 운동 에너지. 그것과 힘겨루기를 해봤자 일방적으로 패배할 뿐이다.

"움직임을 예측할 수 없다는 것도 문제인데……."

인간처럼 정지 상태에서 행동으로 옮겨가기 전의 「준비 자세」가 없었다.

게다가 강철 팔이 등에 달려 있기 때문에 검의 궤도가 매우 이질적이었다. 인간 검사와는 근본적으로 달랐다.

"한 번 더──."

하얀 성검을 칼집에 집어넣었다.

상대가 성령술사가 아닌 이상, 하얀 성검이 나설 기회는 없을 것이다. 이스카는 자유로워진 왼손을 오른손에 대고 검은색 검을 양손으로 쥐었다.

"이쪽은 어떠냐!"

강화 세라믹 대검의 공격 범위 바깥에서 이동하여 오브젝트의 측면으로 파고들었다. 이스카를 따라 선회하는 그놈의 거체가 제대로 반응하기 전에, 이스카는 그 강철 다리를 노리고 성검을 휘둘렀다.

──까드득.

성검의 칼날이 막혀버렸다.

오브젝트의 등에서 튀어나온 또 하나의 팔──성령 대항용 방패의 벽에 가로막힌 것이다.

"……이것도 평범한 성령 대항용 방패가 아니네."

마녀, 마인에 대한 대책으로 개발된 성령 대항용 방패의 목적은 「불」이나 「얼음」, 「번개」 같은 성령 에너지를 막아내는 것이다. 그 대신 강도는 좀 약했다. 기껏해야 권총의 탄환을 막아내는 정도일 텐데.

"흠집밖에 안 나다니."

두꺼운 방패에 희미하게 남겨진 칼의 흔적.

저 방패를 두 동강 내려면 앞으로 몇 번이나 더 베어야 할까?

"이스카! 왜, 왜 그렇게 고전하는 거예요?!"

펜스 있는 곳까지 후퇴한 시스벨이 큰 소리로 외쳤다.

"당신이 그러고도 사도성이에요?! 뭔가 좀 더…… 굉장한 기술은 없나요? 비장의 오의 같은 거, 있잖아요?!"

"오의?"

"네, 그거요!"

"없어."

"뭐라고요?!"

"나는 성령술사와 싸우는 데 특화된 인간이거든."

제국 최강의 검사였던 남자의 지도하에 **그렇게 되게끔** 훈련을 받았다.

그러니까 상대가 성령술사라면, 시조의 말예와도 대등하게 싸울 수 있었다.

그러나 백병전은 달랐다.

만약 사도성들끼리 난투를 벌인다면 이스카는 아마 중위권에 머물 것이다. 결코 최상위권에 들지는 못할 것이다. 이스카는 검사이고, 또 성령술을 상대하는 데 특화된 성검을 가지고 있으므로 그건 어쩔 수 없는 숙명이었다.

"그, 그게 무슨 소리예요?! 성령술사와 싸우는 데 특화됐다니……."

"응? 그거야 보면 알잖아."

……내가 시스벨 앞에서 싸운 적은 없지만.

……언니한테서 아무 이야기도 못 들었나?

그러고 보니 순혈종 키싱도 이스카의 검에 관해서는 몰랐다. 시조의 피를 이어받은 왕가에서는 이 성검의 비밀을 공유하고 있을 줄 알았는데.

"솔직히 말해서 상성이 안 좋아. 이렇게 크고 단단한 녀석은 상대하기 힘들어."

"……그, 그럼 어떡해요?"

"네네!"

이스카는 세라믹 대검을 피하면서 큰 소리로 외쳤다.

"몇 초 남았어?"

"이제 됐어. 위치 정보, 전송 완료!"

포니테일 소녀가 똑같이 큰 소리로 대답했다.

"급하게 했지만, 그래도 궤도 보정까지 다 됐을 거야!"

손바닥을 펼쳐 하늘로 들어 올렸다.

새끼손가락에는 기계 장치가 된 반지가 끼워져 있었다. 그 반지가 깜빡거리고 있었는데, 과연 마녀 공주도 그것을 눈치챘을까.

"위성『테트라비블로스의 별』, 피어싱 샷(고속 철갑탄 발사)!"

──파열.

네네가 소리친 순간, 오브젝트의 성령 대항용 방패가 산산조각 났다.

엄청나게 높은 곳에서 날아온 포탄. 구름보다 더 높은 하늘에서 발사된 탄환이 정확하게 그 방패를 뚫어버린 것이다.

"어? ……바…… 방금, 그건 뭐죠?!"

눈을 크게 뜨는 시스벨.

도대체 무슨 일이 일어났을까. 이곳은 사막 한복판이다. 어디서 포탄이 날아온 걸까. 이 근처에 철갑탄을 발사할 만한 전차는 없는데.

그러나──.

그런 일을 가능하게 만드는 것이 위성 병기『테트라비블로스의 별』이었다. 제국의 병기 개발부가 과거에 쏘아 올린 위성인데, 지금은 기계 기술자인 네네가 실험용으로 맡아 가지고 있었다.

마치 주인을 따르는 반려동물처럼.

이 위성 병기는 네네의 지상 위치에 맞춰서 스스로 하늘을 이동한다.

"제907부대의 화력 담당자는 내가 아니라 네네야."

"하나 더 쏠게!"

또다시 탄환이 날아와 세라믹 대검의 칼날까지 산산이 부숴버렸다.

──철갑탄.

그 목적은 「장갑을 뚫는 것(피어싱 샷)」이다.

한없이 단단하고 무거운 무기. 그 탄환이 머나먼 상공에서 자유낙하하면서 가속도가 붙어 오브젝트의 검과 방패를 파괴한 것이었다.

"이스카 오빠, 포탄 하나 남았어!"

"알았어."

다음 탄환으로 오브젝트의 외부 장갑을 부수고, 겉으로 드러난 구동 기관을 이스카가 파괴할 것이다.

그 직후.

푸쉭! 하고 바람 빠지는 소리가 나더니.

엄청난 굉음과 더불어 오브젝트의 외부 장갑이 튕겨져 날아갔다.

"해냈어요! 외부 장갑도 파괴했네요! 자, 이스카, 빨리 저 기체를──."

"…………."

"이스카, 왜 그래요?"

"아니야."

시스벨의 질문에 대답한 사람은 네네였다.

"저기, 네네는 아직 세 번째 탄환을 발사하라고 명령하지 않았어. 저 장갑은 네네의 철갑탄이 파괴한 게 아니야."

"그, 그게 무슨 소리죠······?!"

『리젝트(장갑 괴리).』

시커먼 기체에서 기계 음성이 흘러나왔다.

마치 피부가 벗겨지는 것처럼. 거대한 기체의 바깥쪽에 있는 겉껍질이 한 겹, 두 겹 벗겨져 바닥에 떨어졌다.

······뭐야. 자기 스스로 장갑을 벗고 있잖아?

······이런 자동 모드는 전장에서는 본 적이 없었다.

네네도 마찬가지인가 보다.

눈앞에 있는 기체에게 무슨 일이 일어났는지 알아내려고 마른 침을 꿀꺽 삼키고 지켜보고 있었다.

『1차 에너지 공급 정지. 2차 에너지로 변환 개시.』

마녀사냥 기계 병사였던 것——.

그것이 검과 방패를 잃어버리자마자 자신을 지키는 장갑을 스스로 벗어버리고 변신하기 시작했다.

"이, 이스카?! 저 기계는 도대체 뭐예요?!"

"······나도 처음 보는 오브젝트야."

이족보행 기계 짐승——.

갑옷이 떨어져나간 그곳에는 마치 짐승의 아가리처럼 뻥 뚫린

구멍이 자리 잡고 있었다. 이스카는 그 구멍에서 기묘한 푸르스름한 불꽃이 튀는 것을 목격했다.

"저 빛은 뭐지……?"

기체의 온몸에서 뿜어져 나오는 빛이 그 거대한 아가리의 중심으로 빨려 들어갔다. 밤의 어둠에 잠긴 원유 채굴장이 대낮처럼 밝아졌고──.

"이게 뭐야…… 이스카 오빠, 이 빛은 뭔가 이상해. 너무 강해!"

네네가 소리를 질렀다.

눈꺼풀을 태울 듯이 강렬한 빛을 받아 눈을 찌푸리면서.

"이건 전기가 아니야. 연료도 아니야. 이 강한 에너지원은……도대체……?"

"성령 에너지의 빛이에요!"

소름이 끼쳤다.

시스벨이 절규한 순간, 이스카는 네네를 향해 전속력으로 뛰어갔다.

"네네, 엎드려!"

포니테일 소녀를 끌어안자마자 딱딱한 바닥으로 몸을 던졌다.

『라이프 폼 인테그라(성체 분해포, 星體 分解砲).』

그것은──.

섬광처럼 생긴 「무언가」였다.

키이잉! 날카로운 소리를 내면서 발사된 띠 형태의 빛이 허공을 갈랐다. 방금 이스카와 네네가 서 있던 장소를. 그리고 그 너머에 있는 원유 채굴장으로 날아가서.

펜스를 불태워 파괴하고──.

거대한 강철 크레인까지 버터처럼 물렁하게 녹이면서 두 동강 내더니──.

허공을 태우며 날아갔다.

그 직후.

하늘을 찌르는 불꽃이 채굴장에서 솟구쳐 올랐다.

업화가 맹렬히 타오르고 불티가 날리는 그 모습은.

마치 화염에 휩싸인 알카트루즈 감옥탑을 재현시킨 듯한 참상이었다.

……단 한 발로?

……저 섬광의 열만 가지고 강철 덩어리를 녹이고, 이런 화재를 일으킨 건가?

말도 안 돼.

전장에서 이런 것이 발사된다면, 아군인 제국군까지도 다 휩쓸려 전멸당할 것이다.

"이스카 오빠."

불티 아래 드러난 네네의 얼굴이 창백해졌다.

네네는 외부 장갑을 벗어던지고 날씬해진 오브젝트를 손가락으로 가리켰다.

"틀림없이 저 기체 안에 뭔가가 있을 거야."

"……맞아."

성검을 꽉 쥐었다.

이마에 식은땀이 송골송골 맺혔다. 이 불길 때문인지, 아니면——.

"오브젝트! 네놈의 그 빛은……."

이스카는 소리를 질렀다.

"네 안에는 도대체 뭐가 숨겨져 있는 거냐?!"

===========

원유 채굴장 입구 부근——.

상야등 불빛을 받으면서 제국 병사 두 명이 조립식 창고 정면을 지나 달려갔다.

"지…… 진 군, 어쩌지, 이러다 잡히겠어!"

"보스, 이쪽이야. 빨리 와!"

필사적인 얼굴로 아스팔트 노면을 밟고 달리는 조그만 여대장과, 그 옆에서 나란히 달리는 은발 저격수.

두 사람은 창고 뒤에 숨었다.

환하게 빛나는 원유 채굴장의 불빛도 여기까지는 닿지 않았다. 숨죽이고 숨어 있으면 야생 짐승조차도 이 두 사람을 발견하지는 못할 것이다.

"드, 들키진 않았지……?"

"고개 내밀지 마. 그놈들의 성령이 뭔지 아직 모르잖아."

만약 정찰, 탐지형 능력이라면, 열 반응으로도 이곳에 숨어 있는 존재를 감지할 수 있을지도 모른다. 지금은 그런 녀석이 없기를 기도할 뿐이다.

"제국이 파악한 성령은 얼마 되지도 않아. 똑같은 화염 성령이라도 사용자에 따라 천차만별이기도 하고. 무조건 조심하는 게 최고야."

"……으, 응."

미스미스는 조심스럽게 대답했다. 그리고 어둠 속에서 진의 오른팔을 물끄러미 보았다.

찢어진 전투복.

오른팔 팔꿈치의 천이 찢어져서 겉으로 드러난 진의 팔뚝은 붉게 변해 있었다.

"저, 저기, 미안해…… 내가 눈치채지 못해서……."

"어쩔 수 없지. 내가 보스였어도 못 피했을 거야. 아니, 그건 오히려 내 실수다. 이스카가 분명히 말해줬었는데."

가면 쓴 남자는 조심해야 해──.

성령 중에서도 특히 진귀한 공간 간섭 계열. 공간을 뛰어넘듯이 이동해서 목표물의 등 뒤에 나타난다. 소리조차 내지 않고.

"흥, 『그냥 원만하게 해결하지 않겠는가?』라고? 웃기지도 않아. 사기꾼 같으니."

가면 쓴 남자는 온화하게 그런 말을 하더니.

미스미스를 뒤에서 찔러버리려고 했다. 미스미스의 등 뒤로 공간이동해서 칼을 휘두르려고 했는데, 진이 간발의 차이로 먼저 총을 쏴서 그놈을 막았다.

"제국의 자객 부대도 울고 갈 만한 실력이야. 실은 마인이 아니라 암살자 아냐?"

볼텍스 전투가 끝난 후. 진은 이스카의 등에 난 상처를 보고 진심으로 놀랐었다.

이스카가 무방비하게 등을 공격당했다고? 전직 사도성인 이스카가?

제국 전체를 뒤져봐도 그런 짓을 할 수 있는 실력자가 과연 몇 명이나 있을까. 내심 의아해했는데, 그 의문이 지금 여기서 해소됐다.

"……수, 순혈종인 걸까?"

"십중팔구 순혈종이다. 저런 놈이 평범한 성령술사면 곤란해."

망가진 옷의 천을 찢어 상처를 노출시켰다.

팔을 꽉 눌러서 상처에서 피가 솟구칠 때까지 압박했다. 나이프에 독이 발라져 있을 가능성을 고려해서 독과 피를 동시에 배출시키는 응급처치였다.

"그래도 괜찮아. 이스카와 네네가 오브젝트를 파괴할 테고. 우리는 그 책임을 저놈들에게 덮어씌우고 곧바로 철수하면 되니까."

상대는 순혈종을 포함한 성령술사 다섯 명.

우리는 겨우 두 명이다. 맞붙어 싸우면 너무 위험하다. 게다가 우리는 본격적으로 싸우러 온 것이 아니었다. 장기 휴가를 즐기는 도중이었다.

여기서는 시간만 벌면 충분했다.

뭐, 사실 진은 저놈을 혼쭐내주고 싶은 마음도 있었지만.

"보스. 아까 이스카와 대화하던 그 금발 머리 여자. 혹시 본 적 있어?"

"아! 역시 진 군도 신경 쓰이지? 그 귀여운 여자애. 나도 처음 봤어."

금발 소녀는 이스카와 마주 보고 서 있었다.

그런데 대화 내용이 들릴 정도로 가까이 다가가기도 전에, 그 소녀는 이스카에게 등을 돌리고 멀리 뛰어가버렸다.

"내가 보기엔 오브젝트는 그 여자를 노리고 날아간 것 같았어."

"그, 그럼, 마녀인가?!"

"게다가 그 가면 쓴 녀석이 『우리는 동포를 데리고 돌아가는 것이 목적이다』라고 했잖아. 즉, 그 금발 여자가 그놈들의 목표물인 거지."

조립식 창고 밖으로 살며시 몸을 내밀었다.

희미한 조명으로 밝혀진 저 노면에 아무도 없다는 사실을 몇 번이나 확인한 뒤. 진은 살짝 숨을 내쉬었다.

"신경 쓰여. 혹시 엄청난 거물인가?"

"뭐? 무…… 무슨 소리야?"

"마녀라고 해봤자 아직 어린 소녀잖아. 그런데 다 큰 어른이 다섯 명이나, 그것도 순혈종인 가면 쓴 놈까지 출동해서 그 애를 데리러 왔으니까."

"헉?! 그, 그렇구나!"

"그만큼 중요한 인물이란 거겠지. 그건 『데리고 돌아가는』 분위기가 아니었어. 『억지로라도 연행할』 태세였어. 그렇다면⋯⋯⋯⋯."

"열심히 탐정 놀이를 하고 있군?"

상공에서 목소리가 들려왔다.

그러나 진과 미스미스가 위를 쳐다봐도 그곳에는 흐릿한 별빛밖에 없었다.

"긁어 부스럼이라는 말이 있지. 쓸데없이 참견하지 않는 편이 신상에 이로울 거야."

조립식 창고 옥상.

별빛을 등지고 가면 쓴 남자가 가만히 이쪽을 내려다보고 있었다.

"슬슬 침묵하게 해주마."

"──뛰어!"

진은 여대장의 등을 밀면서 창고 그늘 밖으로 뛰쳐나갔다.

화르르 하고 불붙는 소리. 순식간에 조립식 창고가 뻘건 불길에 휩싸였다. 불의 성령술에 의한 발화 공격이리라.

"당신들, 제정신이야⋯⋯?!"

미스미스가 푸른 머리를 마구 흔들면서 소리쳤다.

"여긴 전장이 아니잖아. 제국도 황청도 아닌 제삼국의 시설인데⋯⋯!"

"걱정하지 마라."

불타오르는 창고에서 뛰어내리는 가면 쓴 남자.

지상 3층이나 되는 높이에서 낙하했는데도 그 충격을 발끝만으로 부드럽게 처리했다.

"기물손괴죄로 지명 수배 되는 것은 자네들일 테니까. 여기서 제멋대로 날뛴 제국군을 제압한 사람이 우리들이고. 자네들이 증언대에 설 기회는 없을 거야."

패배자가 모든 죄를 뒤집어쓰게 된다.

제907부대가 오브젝트 파괴의 책임을 황청에 뒤집어씌우려는 것과 마찬가지였다.

"그러니 걱정 말고 사라져라."

하얀 안개가 생겨났다.

이 사막지대에 발생하는 자연현상 같지는 않았다. 그것이 비정상적인 속도로 진과 미스미스 두 사람을 감싸려고 했다.

"또 그거냐? 보스, 이리 와!"

진은 혀를 차면서 지면을 박찼다. 재빨리 안개를 피해 물러났다. 이 안개도 성령술의 산물인데, 성분 자체는 무해했다.

다만 문제는 이 안개가 시야를 가림으로써 다른 성령술의 효과를 크게 상승시킨다는 점이었다.

······철썩.

등 뒤에서 액체가 움직이는 소리가 났다.

"진 군, 벌써 뒤에 모여 있어!"

"나도 알아."

그들의 구두를 향해 흘러오는 초록색 액체.

부글부글 거품이 나는 그 액체는 아마 마비성 맹독 액체일 것이다. 저 독이 발목까지 올라오면 몸을 움직이지 못하게 되고, 팔에 묻으면 총도 쥘 수 없게 된다.

"좀 성가시군."

진이 혀를 찼다.

이렇게 난전이 벌어지면 저격수는 제 실력을 발휘하기 어려워진다.

지형을 파악하고──.

바람을 파악하고──.

몇 초 후, 착탄할 때까지의 적의 움직임을 파악한다.

보통 사람은 상상도 못 할 만한 집중력으로 모든 감각을 완벽하게 발휘해서 적진의 중요 인물을 정확히 저격한다.

그것을 돕는 사람이 전위(前衛).

전위인 이스카가 여기 있었으면 성령술사 다섯 명의 일제 공격을 막아내면서, 진이 가면 경을 저격할 수 있는 「기회」를 만들어 줬을 것이다.

시간과 공간.

지금 진에게는 그것이 둘 다 부족했다.

"내가 미끼가 되면……."

"안 돼. 그때 그 감옥탑과는 차원이 달라. 지금 가지고 있는 카드만으로 싸울 방법을 생각해야 해."

바닥을 구르면서 저격총을 겨눴다. 조준경을 들여다볼 틈도 없이 1초 미만의 귀신같은 속도로 가면 경을 겨냥했다.

"오, 굉장한데? 곡예사 같은 저격수군."

"꼼짝 마. 난 총알 낭비하는 것을 싫어하거든."

"좋아, 원하는 대로 해주마."

가면 쓴 남자의 모습이 스르르 사라졌다.

그 직후, 진의 등 뒤에서 탁 하고 가벼운 발소리가 났다.

"안심해라. 귀중한 총알을 날리기 전에 끝내줄 테니까."

"그래, 그럴 테지."

전속력으로 몸을 틀었다.

——벌써 세 번째였다.

——이 마인이 철저히 상대의 등만 노린다는 것은 충분히 예상할 수 있었다.

진은 가면 쓴 남자가 치켜든 나이프를 막아냈다. 그런데 밤의 어둠 속에서 빛나는 나이프가 진의 눈에 비친 순간, 그 칼날이 눈앞에서 사라졌다.

"인간만 공간이동시킬 수 있다고 생각했나?"

오른손에서 왼손으로.

상대가 쥐고 있던 나이프가 공간을 건너 이동했다. 칼을 붙잡으려고 했던 진의 오른손이 허공을 갈랐고, 그 팔에 상대의 칼끝이 푹 박혔다.

"————————진 군?!"

"이제 저격총은 쓰지도 못하겠군."

"필요 없어."

왼손을 들어 올렸다.

은발 저격수는 손안에 쏙 들어가는 소형 자동권총을 왼손에 쥐고 있었다.

위력은 별 볼 일 없지만 이렇게 가까이에서 쏜다면 빗나가진 않을 것이다.

"이럴 수가?!"

"내가 말했잖아. 너는 머리회전은 빠르지만 핵심은 놓치는 타입이라고."

아마도 이 저격수는 내가 자기 등을 노리리라는 것을 예측할 것이다.

나이프를 휘둘러도 어차피 치명상을 입히기는 어렵다. 그렇다면 제일 먼저 노려야 할 것은 저격총을 붙잡는 오른손이다. 무기를 못 쓰게 만들면 더 이상 두려워할 필요 없으니까.

진은 그런 가면 경의 작전을 파악해서 1초의 오차도 없이 완벽하게 동조한 것이었다.

"내 작전을——."

"당연히 알았지."

공간이동 할 시간도 없었다.

——발포.

화약 폭발음이 울리면서 진의 총탄이 발사됐다. 필중. 막아낼
수단 따윈 없다. 다른 누구도 아닌 가면 경 본인조차 그렇게 각오
했을 때.

총탄이 멈췄다.

금속 부딪치는 소리가 났다.
　가면 경의 까만 옷 안쪽에 숨겨져 있는 무언가가 진의 총탄을
막아낸 것이다.
　"⋯⋯앗?!"
　"운이 없었구나. 제국 병사. 어쨌든 너의 순발력 넘치는 두뇌에
는 경의를 표하마."
　가슴팍에 구멍이 뚫린 검은 옷.
　그 구멍 사이로 뭔가가 보였다. 방금 탄환을 막아내고 파괴되
어버린 소형기기. **이스카와 시스벨의 대화를 녹음한 녹음기였다.**
　시스벨을 단죄할 증거를 잃어버린 대신──.
　가면 쓴 마인은 승리를 얻었다.
　"별이 내 편을 들어준 것이다!"
　진의 권총을 주먹으로 쳐서 떨어뜨렸다.
　"안 돼──!"
　"이미 늦었어."
　가면 쓴 남자는 황급히 뛰어온 미스미스를 발로 걷어차 바닥에

쓰러뜨리더니 유유히 뒤로 물러났다.

아까 가슴에 총알이 부딪친 충격으로 살짝 비틀거리면서.

"너희들이 혹시 수류탄이라도 가지고 있으면 인화될 테니까. 우리는 피신하도록 하겠다."

"······뭐라고······?"

진은 찢어진 입술의 피를 손으로 닦으며 중얼거렸다.

"인화?"

"그래. 찾아냈거든. 너희들이 숨어 있었던 창고. 그곳을 떠올리기 전에, 부지 안을 구석구석 살펴보다가 이런 것을 발견했어."

통. 지면을 따라 이쪽으로 굴러오는 거대한 드럼통.

뚜껑은 누가 억지로 뜯어낸 상태였다. 안에 든 액체가 순식간에 빠져나와 바닥을 뒤덮기 시작했다. 강렬한 냄새를 풍기는 그 검은 액체는——.

"가솔린?!"

"이곳은 원유 채굴장이니까. 원유 정제 제품이 있는 게 당연하잖은가?"

총량 240리터.

드럼통에서 사방으로 흘러나온 가솔린은 지면을 적시는 정도가 아니라 조그만 호수 같은 웅덩이를 이루었다.

——진과 미스미스를 둘러싼 형태로.

정면에 서 있는 다섯 명의 성령술사들은 모두 다 가솔린 호수에서 멀리 떨어져 있었다. 이는 무엇을 의미하는가.

"위대하신 시조님께서는 100년 전에 제도를 불바다로 만드셨다고 한다. 그 광경을 재현해보는 것도 나쁘진 않을 테지."

가면 쓴 남자가 양손을 들었다.

"똑똑히 보아라. 이것이 우리 성령술사의 복수의 불길이다!"

안 돼.

은발 저격수는 이를 악물었다.

"보스, 도망쳐! 이러다 타 죽는다!"

"…………."

"보스?"

"……싫어!"

푸른 머리 여대장은 진을 뒤에서 꽉 끌어안은 채 떨어지려고 하지 않았다.

"나 혼자만 도망칠 수 없어."

"!"

진의 두 다리를 마구 경련하게 만드는 독――.

그것은 방금 진의 팔에 꽂혔던 가면 경의 나이프에서 나온 독이었다.

독의 성령이 만들어낸 흉악한 마비성 독이 그 나이프 칼날에 묻었고. 그것이 팔을 중심으로 온몸에 퍼져 나가고 있었다.

성령의 독은 몇 시간 이내에 사라질 것이다. 그러나 당장 몇 초후에 그는 불길에 휩싸일 것이다. 미스미스는 그 사실을 알고 있었다.

"난 괜찮아. 빨리 뛰어가자."

"거짓말이잖아! 안 돼, 진 군은————!"

"아름다운 사랑. ……이라고 말하고 싶지만. 그래 봤자 네 부하는 구하지 못해. 무력한 대장님."

달을 등지고 선 가면 경이 손가락을 딱 튕겼다.

뒤에서 대기하고 있는 불꽃의 마인에게 보내는 신호였다.

"점화해."

그리고.

아무 일도 일어나지 않았다.

"…………뭐 하는 건가?"

가면 경이 약간 짜증을 내면서 등 뒤의 호위병을 돌아봤다.

네 명의 호위병. 그중 한 명에게 물었다.

"내 명령이 안 들렸나?"

"아…… 아뇨, 죄송합니다……!"

머리에 헬멧을 쓰고 있어서 연령도 알 수 없었지만, 거기서 흘러나온 목소리는 아직 어린 소녀의 음성이었다.

"……불꽃이 생겨나지 않아요!"

"뭐라고?"

짐승 가죽 조종사복을 입은 마녀가 장갑을 거칠게 벗었다.

손등에 새겨진 새빨간 성문. 그것이 가면 경에게 뭔가를 호소

하는 것처럼 형형하게 빛나고 있었다.

성령술은 발동되고 있었다. 그런데 불꽃이 생겨나지 않는다고?

"그렇다면——."

"저, 저의 성령술도 이상합니다……!"

또 다른 마인이 말했다.

성령술이 발동되지 않는다. 아무리 성령이 환하게 빛나도, 단지 기분 좋은 바람이 부드럽게 머리카락을 훑고 지나갈 뿐이다.

"……아니, 잠깐만. **이 바람은 뭐냐?**"

조아 가문의 순혈종이 고개를 들었다.

드디어 눈치챈 것이다. 주위에 부는 바람이 차갑지 않았다. 사막의 밤은 얼어붙을 정도로 춥고, 뼛속까지 파고드는 차가운 바람이 불어야 하는데.

그런데 이 바람은?

마치 봄바람처럼 부드럽고 따뜻했다.

"사막의 바람이 아니야. 이 바람은…………………… 설마?!"

성령술사 다섯 명의 시선이 한곳에 집중됐다.

제국 사람——.

네뷸리스 황청의 적인 제국군 여대장의 왼쪽 어깨에.

"아니, 그 성문은?!"

환한 초록색 빛이 일종의 기류처럼 미스미스의 왼쪽 어깨에서 발생해 공기 중에 차올랐다. 바람은 그 기류에서 생겨난 것이었다.

별의 의지는——.

볼텍스를 처형 도구로 이용했던 가면 경의 편을 들어주지 않았다.

——별은 볼텍스에 자기 몸을 바친 여성을 선택했다.

"아하, 그렇군."

가면 뒤에서 새어나오는 차가운 웃음.

"볼텍스에서 살아 돌아온 제국 사람. 설마 **그렇게 될 줄은** 나도 예상치 못했는데. 이 바람은 도대체 뭐지? 바람의 성령의 아종인가?"

평범한 바람은 아니었다.

단순히 폭풍만 일으키는 능력이라면, 불꽃의 성령술이 발동되지 않는 이유를 설명할 수 없으니까.

"제국 대장. 자네는 자신의 성령에 대해 알고 있는가?"

"———."

여대장은 대답 없이 이만 악물고 있었다.

무슨 일이 일어나고 있는지 스스로도 모르는 듯했다. 실은 왜 가면 경 일행이 공격을 그만뒀는지, 그 이유조차도 모르는 게 틀림없었다.

"**이제 막 눈뜬 건가.**"

가면 가장자리를 손가락으로 탁 두드렸다.

"흠, 재미있군. 자네는 볼텍스의 심판을 통과했다. 나로선 석연치 못한 부분도 있지만. 어쨌든 제국 대장, 자네는 별에 의해 선택된 거야."

"……."

"그리고 자네의 성령은 아주 흥미롭군. 어떤가? 나의————."

총성.

진이 발사한 총알이 정확히 순혈종의 가면을 꿰뚫었다.

"입 다물어."

뒤에 있는 미스미스에게 꼭 끌어안긴 채.

은발 저격수가 씹어 뱉듯이 말했다.

"네놈의 그 더러운 언어로 우리 보스를 모독하지 마."

……빠직.

메마른 소리를 내면서 금속 가면이 이마에서부터 두 조각으로 갈라지기 시작했다.

두 동강 나서 낙하했다.

가면 쓴 남자는 맨얼굴이 노출되기 직전에 한 손으로 자기 얼굴을 재빨리 가렸다.

"그래, 알았다."

소름 끼칠 정도로 차가운 한마디.

얼굴을 덮은 손가락 사이로, 별빛보다 더 선명하게 빛나는 안광이 드러났다.

"……제군. 이제 슬슬 후퇴할 때다. 시간을 너무 많이 들였어."

그는 뒤에 있는 부하들 네 명에게 지시하더니.

"그리고 자네들. 기억해둬라."

앞에 있는 제국 사람 두 명에게 말했다.

"즐거운 야회였다. 답례로 자네들을 언젠가 나의 연구실로 초대하도록 하지. 그곳은 정말로 멋진 장소야. 완전 밀실. 완전 방음. 자네들이 아무리 울부짖어도 그 소리가 밖으로 새어나가진 않을 거야."

"지금 그걸 협박이라고 하는 건가?"

"시스벨에게 전해줘. 자네 편은 어디에도 없다고. 더 이상 조국에 돌아오지 못할 거라고."

"……시스벨?"

진의 중얼거림에는 대답하지 않고.

검은 옷을 입은 순혈종은 부하들과 함께 원유 채굴장을 떠났다.

"가, 갔나……?"

"이스카를 쫓아가자."

"지, 진 군, 잠깐만. 그 전에 지혈부터 해야지!"

미스미스 대장은 아직도 피가 흐르는 그의 오른팔을 가리키면서 필사적으로 외쳤다.

"빨리 웃옷 벗어. 피부터 멈춰야 해."

"이 정도는 침 바르면 나아."

"안 나아!! 무슨 말을 하는 거야? 이건 대장의 명령———."

그 순간.

하늘을 태우는 불꽃이 부지 안쪽에서 솟구쳤다.

대화재.

"어? 저, 저게 뭐야······?!"

"그 가면이 한 짓인가? 아니, 방향이 반대잖아. ······오브젝트가 날아간 방향인가?"

"그럼 이스카 군과 네네가 있는 곳에서?!"

"보스, 지혈해줘. 최대한 빨리, 최소한의 처치만 하면 돼."

간신히 움직일 수 있는 왼손으로 저격총을 주워들고.

독 때문에 경련을 일으키는 다리를 채찍질하여 움직였다.

"우리도 쫓아가자."

3

타닥, 타닥.

물결치듯이 하늘을 향해 타오르는 불꽃과, 거기서 생겨나는 수천만이나 되는 불티.

"······여기는 원유 채굴장인데."

시스벨이 화염의 벽을 우러러보며 몸을 부르르 떨었다.

"이 불이 원유에 인화되기라도 하면 우리는 다 죽을 거예요······."

"우리들뿐만 아니라 교외의 주택가 전체가 폭발에 휘말릴 거야."

이스카는 머리 위로 쏟아지는 불똥을 검으로 쳐내더니 임전태세를 갖췄다.

이 리조트는 하룻밤 만에 잿더미로 변할 것이다.

……제국의 누가 이런 짓을 한 걸까? 사령부? 아니면 팔대사도?

……누가 이런 흉악한 병기를 사용한 걸까.

오브젝트.

아니, 오브젝트라는 것은 「마녀사냥」 기체의 시리즈명이다. 이 기계 병사는 그런 단순한 것이 아니라, 제국 병사들조차 모르는 미지의 물체였다.

『에너지 재충전, 「코어(핵)」에 직결. 라이프 폼 인테그라(성체 분해포), 5초 후에 발동.』

앞으로 쑥 튀어나온 흉부의 큰 구멍에서 빛이 생겨났다.

"또 그거야……?!"

"말도 안 돼!! 일반적인 병기는 그런 극대 에너지를 한번 발사하면 곧바로 동작 불능이 될 텐데?!"

일류 기계 기술자인 네네가 손가락으로 가리켰다.

눈앞에서 빛을 압축시키고 있는 오브젝트를.

『라이프 폼 인테그라.』

"피어싱 샷!"

쾅!

장갑으로 뒤덮인 기계 병사가 무릎을 꿇었다.

네네의 위성 병기에서 발사된 포탄이 그놈의 등을 푹 찌르면서 함몰시켰기 때문이다. 잔뜩 모여 있던 섬광은 순식간에 흩어져버렸다.

"해냈어! 발사 직전에 멈췄어!"

"네네, 잘했어. 멋진 타이밍이야."

에너지를 다시 충전하려면 시간이 좀 걸릴 것이다.

튼튼한 외부 장갑이 제거된 저 오브젝트는 이스카의 성검으로도 파괴할 수 있으리라.

『모든 기능 해방.』

이스카가 앞으로 나아가려는 순간.

——열두 위성 단자를 방출한다.

또다시 장갑이 벗겨졌다.

두꺼운 외부 장갑이 아니라 그 안쪽의 얇은 내부 장갑이 소리내어 떨어져 나갔다.

은색 꽃보라——.

은색 기계 파편 열두 장이 바람에 흩날리는 꽃잎처럼 오브젝트 본체 주위에서 빙글빙글 돌기 시작했다.

진짜 위성 같았다.

거대한 행성의 주위를 도는 작은 별 같았다.

"다, 다시 한 번 변신했네요?!"

"이스카 오빠, 잠깐만. 저건 전부 다 센서야! 가까이 가면 공격당할 거야!"

"……네네, 그게 무슨 뜻이야?"

포니테일 소녀가 다시 손가락에 낀 반지를 힘차게 내밀었다.

남은 철갑탄의 숫자는 0개.

위성 병기에 격납된 탄환 중에서 이 오브젝트에게 효과가 있는 것은──.

"그레네이드(유탄)!"

위에서 쏟아지는 고성능 작탄(炸彈).

국지적 폭발을 일으키는 이 탄환은, 이중 장갑을 모조리 벗어버린 오브젝트를 완전히 정지시키기에 충분한 파괴력을 가지고 있었다. 그런데.

『라이프 폼 인테그라.』

밤하늘을 날아가는 열두 개의 섬광.

허공에 맴도는 모든 위성 단자들이 동시에 빛나더니, 그쪽으로 떨어지는 그레네이드를 한 치의 오차도 없이 정확하게 꿰뚫었다. 치이익! 소리를 내면서 그레네이드가 증발하여 밤의 어둠 속으로 사라져갔다.

"격추한 거야?!"

"……역시 그렇구나."

네네가 씁쓸한 말을 내뱉었다.

격추했다. 머리 위에서 낙하하는 초고속 그레네이드를. 그것도 이 짙은 어둠 속에서.

"이스카 오빠, 절대로 가까이 다가가면 안 돼! 저 센서의 범위가 어느 정도인지 모르잖아. 센서에 포착되면 저 레이저가 오빠를 태워버릴 거야!"

"끔찍한 병기군……."

광속으로 발사되는 열두 개의 빛.

이스카도 아마 빛 화살을 막아내는 것은 불가능할 것이다.

"네네, 무슨 방법 없어? 이 녀석을 물리칠 수단은?!"

"……진 오빠라면."

서서히 다가오는 오브젝트를 쏘아보는 네네.

"네네의『별』로는 저 위에서 폭탄을 떨어뜨리는 것밖에 못하지만, 진 오빠는 사각을 찾아내서 저격할 수 있을지도 몰라."

허공을 맴도는 열두 위성의 틈새를 노려서 바늘구멍 뚫듯이 총알을 집어넣는 행위.

기적 같은 타이밍과 신기에 가까운 기량을 요구하는 그런 저격은 일류 저격수조차 성공시키기 쉽지 않은 엄청난 곡예일 것이다.

그러나 진이라면 해낼 수 있다.

"네네——."

"응, 알아. 이스카 오빠는 여기서 버티고 있어줘. 네네가 대장님과 진 오빠한테 가볼게!"

소녀는 포니테일을 휘날리면서 달려갔다.

그 모습이 눈 깜짝할 사이에 어둠 속으로 사라져가는 동안에도 저 육중한 병기는 펜스 쪽으로 계속 다가오고 있었다.

이스카도 시스벨도 더 이상 뒤로는 도망갈 곳이 없었다.

『에너지 재충전, 「코어」에 직결.』

그때 오브젝트의 본체에서 빛이 생겨났다.

『라이프 폼 인테그라, 15초 후 발동.』

"아직도 에너지 여력이 남아 있었어?!"

비정상적이었다.

열두 개의 부품에서 각각 레이저를 발사할 뿐만 아니라, 그 극대 에너지 열선을 또다시 본체에서 뽑아낼 수 있단 말인가?

⋯⋯한 번 더 그게 발사됐다가는.

⋯⋯우리가 피하든 말든 그대로 끝장나는 게 아닐까?!

섬광이 원유에 부딪치면 대폭발이 일어날 것이다.

15초 이내에 오브젝트를 완전히 정지시켜야 한다. 그러나 본체는 주위의 위성에 의해 완벽하게 방어되고 있었다.

"제기랄⋯⋯."

진이 15초 이내에 여기 도착할 확률은?

0퍼센트. 있을 수 없는 일이다. 설령 시간 내에 도착하더라도, 15초 이내에 저격하는 것은 불가능하다. 그럼 이 상황에서 할 수 있는 일은 아무것도――――.

"이스카, 뛰어요!"

시조의 말예 시스벨 루 네뷸리스 9세.

사랑스러운 금발 머리 마녀가 결사적인 표정으로 외쳤다.

"⋯⋯여기서 죽을 수는 없잖아요. 저도 이제는 결심했습니다."

"시스벨, 그게 무슨⋯⋯?!"

"우선 이 위기를 극복합시다. 저도 힘을 아끼지 않을게요."

과거를 본다. 좀 전에 시스벨은 자기 능력의 비밀을 이스카에게 가르쳐줬다.

그게 무슨 소용이 있다고?

지금 이 순간에는 시스벨의 능력은 아무 효과가 없을 것 같았다. 그런데도————.

어째서 이 소녀의 눈은 빛나고 있는 걸까.

"등불이여, 별의 영화를 부활시켜줘!"

노래하듯이 중얼거렸다.

마녀의 가슴팍에서 강력한 별의 빛이 흘러나왔다. 등불의 성령이 주인의 명령에 응하여 진가를 발휘하는 순간이었다.

『코스모 메모리(大星祭), 망각된 모든 아이들.』

유구한 시간을 뛰어넘어.

위대한 별의 과거의 「모습」과 「소리」가 **소환되었다**.

——거대한 모래폭풍.

폭풍이 오브젝트를 집어삼켰다.

대량의 모래와 자갈이 뒤섞인 바람이 휘몰아쳐서, 허공에 맴도는 열두 개의 위성들을 한꺼번에 모래색으로 뒤덮어버렸다.

"모래폭풍?!"

"영상입니다. 150년 전, 이 땅에 발생했던 전설의 모래폭풍이에요."

"……이게 영상이라고?!"

바람은 불지 않았다. 그러나 진짜 실물처럼 보이는 대량의 모래가 허공을 날아 눈앞을 뒤덮었고, 또 무시무시한 바람 소리도 고스란히 재현되어 있었다.

전혀 가짜 모래폭풍처럼 보이지 않았다.

이스카도 설명을 듣기 전까지는 눈치채지 못했다.

"등불의 성령의 본질은『사상(事象) 소환』입니다. 오로지 모습과 소리만 불러낼 수 있으므로 편의상 영상이라고 부르지만요."

……영상이란 설명을 듣기 전까지는 절대로 모를 것이다.

……이것은 거의 최면술 또는 환각술이나 마찬가지였다.

전장에서 이게 발동된다면 적과 아군이 모두 다 대혼란에 빠질 것이다.

오브젝트도 예외는 아니었다. 열두 개의 위성들이 모래폭풍에 의해 시야가 차단당하자, 센서는 제 기능을 잃어버렸다.

"저의 유일한 자기 방어 수단입니다. 이렇게 대규모로 재현하는 것은 어마마마께도 보여드리지 않은 기술이에요. 부디 비밀로 해주세요."

시스벨은 생긋 웃더니 곧바로 입을 꾹 다물었다.

"9초 남았습니다! 그동안 센서는 당신을 포착하지 못할 겁니다. 서두르세요!"

"──알았어."

모래폭풍 속으로 몸을 던졌다.

수억 개나 되는 모래알들이 눈앞을 뒤덮고, 고막을 찌르는 굉음이 울려 퍼지는 가운데. 이스카는 일직선으로 돌진했다.

　모래폭풍.

　그 중심부에 위성들의 보호를 받는 오브젝트가 있었다.

　모든 외장을 벗어던지고 인간처럼 가늘고 날씬하게 변한 기계 병사. 그 녀석의 중심부에서 빛나는 성령 에너지를 목표 삼아━━.

　"간다."

　지면을 박차고 이동했다.

　그 순간 오브젝트가 이쪽을 쳐다봤다. 이 지독한 모래폭풍 속에서도 열두 개의 센서는 자신에게 고속으로 접근하는 기척을 감지한 것이었다.

　『라이프 폼 인테그라.』

　빛이 번뜩였다.

　거기서 발사된 고압축 섬광이 실시간으로 오브젝트에 접근하는 그림자를 꿰뚫었다.

　이스카━━━

　가 아니었다.

　이스카 옆에서 달리는 대형 육식동물의 영상을 꿰뚫었다.

　『???』

　"바실리스크입니다. 100년 전에 이 사막은 바실리스크의 소굴이었는데, 당연히 오브젝트에는 그 정보가 입력되지 않았을 테지요."

　마녀가 비밀을 밝혔다.

시스벨이 재현한 것은 모래폭풍 하나만이 아니었다. 그와 동시에 이 사막의 왕인 짐승의 영상까지 만들어냈다.

이스카의 모습을 감춰줄 모래폭풍.

이스카 대신 미끼가 되어줄 바실리스크. 그 두 가지 영상을 만들어낸 것이다.

"아는 것은 힘입니다. 이 지역의 역사부터 다시 공부하고 오세요."

일섬(一閃).

이스카가 오브젝트의 중심을 성검으로 정확히 파괴했다.

『――――――.』

검은색 기계 병사가 뒤로 넘어가면서 쓰러졌다.

딱딱한 지면에 그놈의 등이 부딪친 순간, 가슴의 큰 구멍 속에 생겼던 성령 에너지 같은 빛도 소멸했다. 그리고 그놈은 꼼짝도 안 하게 되었다.

"쓰, 쓰러뜨렸나요……?"

"응, 간신히. 예상보다 훨씬 더 엄청난 녀석이었어."

그런데 단순히 쓰러뜨리는 것으로는 부족하다.

지금부터 「오브젝트를 파괴한 범인은 황청의 성령술사」라는 식으로 위장해야 한다.

기계 병사의 가슴에는 이스카가 칼로 벤 흔적이 남아 있었고, 등에는 네네가 발사한 철갑탄 구멍이 뻥 뚫려 있었다. 이 흔적을 없애야 한다.

"그리고 이 녀석의 내부도 조사해봐야 해."

미동도 없는 기계 병사를 내려다보면서 중얼거렸다.

"너도 봤지? 이 녀석의 내부에서 발생한 빛."

"……성령 에너지와 비슷하더군요."

"내가 보기에도 그랬어. 전기에 의한 빛이 아니야."

우선 내연기관을 조사해봐야 하려나. 곧 네네가 진과 미스미스 대장님을 데리고 돌아올 테니까. 네네의 능력으로——.

『행동 불능. 코어「■■■■의 짐승」방출.』

자동 음성.

기계 병사의 내부에서 뭔가가 생겨난다. 그것을 감지한 순간, 이스카는 오한을 느꼈다. 움직임이 멈춰버린 기계 병사의 깊숙한 안쪽에서 느껴지는 기척.

이 오한은 도대체 뭐지?!

"이, 이 빛은 뭐죠……? 아니, 불이잖아요?!"

시스벨이 갈라진 목소리로 외쳤다.

기계의 부품과 부품 사이의 이음매.

그 균열에서 마치 증기가 새는 것처럼 새파란 불꽃이 흘러나왔다. 이미 한번 꺼졌던 성령 에너지가 다시 연소되는 것이었다.

그 불꽃이 아까보다 더 맹렬하게 부풀어 올랐다.

……무슨 일이 일어날지 알 수 없었다.

……안 돼. 느긋하게 이놈의 정체를 조사할 여유 따윈 없어!

위험하다. 온몸에서 솟구치는 식은땀이 경종을 울렸다.

"물러나!"

"아, 네!"

동시에 달리기 시작했다.

그러나 시스벨은 몇 걸음 걷지도 못하고 풀썩 쓰러졌다. 왕궁에서만 지내던 왕녀의 다리가 이 거친 지면 위에서 계속 달리다가 마침내 한계에 다다른 것이다.

"이, 이스카, 잠깐만요!"

"……시스벨?!"

비명을 지르는 소녀를 돌아봤다.

그때는 이미 너무 늦었다. 기계 병사의 내부에서 넘쳐 나온 빛이 임계점에 도달했다.

"도와————————."

플레어(빛의 폭발).

기계 병사의 내부에서 폭발적으로 터져 나온 화염이 주위를 뒤덮을 기세로 확산되어——.

"내 동생에게 뭐 하는 짓이야?"

"얼어붙어라."

얼음벽이 탄생했다.

아름다운 얼음덩어리가 이스카와 시스벨을 지키는 성벽처럼 우뚝 솟았다. 그 벽은 확산되던 불길을 막아내고, 얼음의 냉기로 순식간에 열파를 제거해버렸다.

"……언니?!"

"시스벨. 이제야 만났구나."

앨리스리제 루 네뷸리스 9세.

사막의 밤바람을 받으며 서 있는 아름다운 언니. 그 모습을 본 시스벨은 눈을 크게 떴다.

"어, 어째서 여기 와 있는 거예요?"

"너에게 할 말이 있어서 왔어. 하지만 그건 나중에 하자. …… 이스카, 이게 어떻게 된 거야?!"

앨리스가 거칠게 숨을 쉬면서 고개를 돌렸다.

검을 쥐고 있는 제국 검사를 향해.

──빙화의 마녀 앨리스는 알고 있었다.

──흑강의 후계자 이스카가 자기 손으로 순혈종을 잡기 위해서 싸우고 있다는 사실을.

그렇다면. 이스카가 내 동생을 노린 제국군인가?

"그건 아니잖아. 맞지?"

앨리스는 이스카를 뚫어져라 응시하더니 곧 눈살을 찌푸렸다.

시스벨의 적은 이스카가 아니다.

왜냐하면 시스벨 본인이 이스카에게 다가가 그의 등 뒤에 숨으려고 했으므로.

"간단하게 설명해줘. 지금 이게 무슨 상황이야?"

"보면 알잖아."

플레어의 근원지.

연기와 불꽃이 사라진 저 안쪽에서, 밤의 어둠에 감싸인 흐릿한 발광체가 기어 나오고 있었다. 어슴푸레한 남색으로 빛나는 인간처럼 생긴 실루엣——.

오브젝트의 핵.

그놈의 전신에서 성령 에너지와 흡사한 빛이 흘러나오고 있었다.

"저 녀석이 우리 아군으로 보여?"

"……겉모습만 봐도 알기 쉬워서 좋네. 여기서는 일단 저 유령 같은 놈을 해치우는 것이 제일 급한 과제라는 뜻이지?"

앨리스는 침착하게 고개를 끄덕이더니 발광체와 대치했다.

유령.

어렴풋이 빛나는 인간형 실루엣은 정말로 유령처럼 보였다. 하지만 그렇다면 저 성령 에너지 같은 빛의 정체는 뭘까?

"당장 해치우면 돼? 그럼 내가——."

『에너지 재충전.』

인간 형태의 발광체가 앨리스를 향해 손바닥을 펼쳤다.

『라이프 폼 인테그라 발동 준비.』

"안 돼! 언니, 도망쳐요!"

"?"

시스벨의 비명을 들은 앨리스는 어리둥절하여 눈을 깜빡거렸다.

"시스벨, 무슨 소리야? 이런 녀석은 내가 쉽게 해치울 수——."

"앨리스!"

이스카는 적국의 왕녀에게 소리를 질렀다. 너무 늦었다. 앨리스의 각력으로는 지금부터 도망치려고 해도 저 섬광의 조준에서 벗어나진 못할 것이다.

"꽃! 당장 꽃을 피워!"

"뭐, 뭐라고? 이스카, 그건 나의 오의야. 그리 쉽게……."

"빨리 해!"

마녀 공주 앨리스리제의 빙화(氷花).

전장도 아닌 곳에서 그 비장의 오의를 아무렇게나 공개하고 싶진 않았을 것이다.

그러나 망설임보다도 라이벌에 대한 신뢰가 더 컸다.

——이스카가 그렇게 말한다면.

——반드시 이유가 있을 것이다.

『라이프 폼 인테그라.』

"피어나라!"

단단하고 한없이 맑은 소리가 울려 퍼졌다.

앨리스의 눈앞에서 참으로 아름다운 거울 방패가 생겨났다.

——빙화.

앨리스리제 루 네뷸리스 9세에게 깃든 『빙화의 성령』의 본질이며 최고인 성령술이, 세상에서 가장 아름답고 커다란 얼음 꽃이 되어 나타났다.

그 방패는 거대한 크레인조차 두 동강 내었던 섬광을 막아냈다. 섬광은 비스듬히 저 뒤쪽으로 튕겨져 날아갔다.

"……세상에. 언니, 역시 굉장해요."

"————."

"언니……?"

시스벨이 마른침을 삼키면서 지켜보는 가운데.

앨리스의 입술이 얼음처럼 파랗게 질려버렸다.

꽃을 피우는 타이밍이 아주 조금만 늦었어도 저 빛이 내 온몸을 강타했을 것이다. 이스카 말마따나 빙화를 발동시키는 것 외에는 저 섬광을 막아낼 방법은 없었을 것이다.

간발의 차이로 살았다.

"……내가 너무 방심했구나."

금발 머리 소녀는 눈을 가늘게 떴다.

"전장이 아니라는 이유만으로 정신이 해이해졌었어."

빙화의 마녀로서 제국의 공포의 대상이 되어온 순혈종 마녀. 그 입장을 자각한 앨리스가 「진심」으로 전투에 임하는 표정을 지었다.

"시스벨, 물러나. 이 녀석은 좀 위험해. 일격에 해치워야겠어."

검지를 들어 오브젝트를 가리켰다.

봐주지 않고 전력을 다해 쓰러뜨릴 것이다. 앨리스는 그렇게 전의를 불태웠다. 그런데 그때 오브젝트가 뜻밖의 행동을 취했다.

『에너지 잔량, 하한선 도달.』

"……?"

『카운트. 10.』

자동 음성. 이어서 그놈의 몸이 떠올랐다.

아스팔트 바닥에서 떠오른 오브젝트가 숫자를 셌다. 그 순간 이스카는 입술을 깨물고 위를 쳐다봤다.

……네네의 말이 맞았어.

……하나의 병기가 이만한 에너지를 계속 방사한다는 것은 불가능해.

오브젝트에는 더 이상 여력이 남아 있지 않았다.

그렇다면 이 상황에서. 팔대사도가 쓸모없어진 병기에 대해 내릴 「결정」은 딱 하나밖에 없었다.

"이 녀석, 자폭할 셈이야!"

"네?!"

"……뭐라고?!"

마녀 자매의 얼굴이 동시에 굳어졌다.

이곳은 원유 채굴장이다. 얼마나 큰 규모의 폭발이 일어날지는 몰라도, 채굴장 창고를 싹 날려버릴 만한 위력은 있을 것이다.

전방위 화재.

앨리스의 능력으로도 단번에 막아낼 수 있는 규모가 아닐 것이다.

『카운트 8———7———.』

그러므로 카운트다운이 끝나기 전에 저놈을 완전히 파괴해야 한다. 이스카와 앨리스는 말없이 직감적으로 이해했다.

"빙화, 무수한 검선무(劍扇舞)!"

무수한 푸른 탄환.

초저온에 의해 생성된 얼음 탄환이 푸른 궤적을 그리면서 밤하늘을 날아갔다. 눈보라 치는 것처럼 빛이 반짝이더니, 그것이 정확히 오브젝트의 전신을 꿰뚫었다.

평범한 탄환이 아니었다.

앨리스의 성령술은 초저온. 분자 운동까지 정지시키는 극한의 냉기가 발광체 주위의 공기를 얼려서 허공에 정지시켰다. 그러나.

『카운트 5━━━━4━━━━.』

카운트다운은 멈추지 않았다.

"어휴, 시간이 없으니 어쩔 수 없네…… 이스카! 거기야!"

"나도 알아."

빙화의 마녀가 어딘가를 돌아봤다. 그때 이스카는 이미 달리고 있었다.

"이 펜스 말이지?"

얼어붙은 펜스.

앨리스의 푸른 탄환에 닿아 얼어버린 물체. 이스카는 그 위로 뛰어올라 그것을 밟고 더 높은 하늘로 점프했다.

펜스 자체는 발판이 되기엔 약했다.

그러나 지금은.

앨리스의 단단한 얼음으로 뒤덮인 펜스는 이스카의 도약용 발판이 될 정도로 딱딱해졌다.

우연이 아니었다.

빙화의 마녀 앨리스는 처음부터 그 점을 완벽하게 계산했고,

흑강의 후계자 이스카는 그 의도를 암묵적으로 이해해서 그대로 행동한 것이었다.

『카운트 3————2————.』

"끝이다."

하늘을 나는 검사.

밤의 어둠과 동화된 검은색 성검이 얼어붙은 오브젝트를 갈랐다.

파열되는 빛의 입자.

폭발은 일어나지 않았다.

착지하는 이스카의 머리 위에서 밤의 어둠이 서서히 원래대로 거무스름하게 변해갔다. 한편 지상에서 그 광경을 지켜보던 앨리스는.

"……정말 이해가 안 돼."

노골적으로 불쾌한 표정을 짓고 있었다.

"어휴, 진짜! 나는 너와 결판을 내고 싶은 거지, 너와 합심해서 싸우고 싶은 게 아니거든?! 그런데 왜 이렇게 오해할 만한 사건만 일어나는 거지?"

이곳은 독립국가 알사미라. 중립도시처럼 「전투 금지」가 공공연히 선언되지는 않았지만, 아무리 그래도 황청과 제국이 정면충돌할 수는 없었다.

여기서 이스카와 앨리스가 온 힘을 다해 싸운다면——.

이 원유 채굴장은 엄청난 피해를 입을 것이다. 그것은 황청의 왕녀인 앨리스도 원하는 바가 아니었다.

"휴, 그래. 그만하자…… 여기 제국 병사가 더 있는 것도 아니니까."

깊은 한숨을 내쉬더니 말을 이었다.

"이스카, 이제 자세한 사정을 설명해봐. 이런 곳에서, 이런 시각에. 너는 시스벨과 뭐 하고 있었던 거야?"

"언니."

꼬옥.

그때 뒤에서 시스벨이 언니의 치맛자락을 잡아당겼다.

"아, 시스벨. 가만히 있어봐. 지금 나는 이스카와——."

"언니, 이스카를 아는군요?"

"앗……."

앨리스는 퍼뜩 정신을 차렸다.

망했다. 그렇게 소리 내어 말하진 않았지만 표정이 딱 그랬다. 급박한 상황이라서 무심코 자연스럽게 이스카를 가깝게 대하고 말았다.

"역시 그랬군요."

시스벨이 수상하다는 듯이 눈을 가늘게 떴다.

"언니. 황청의 공주인 언니가 이 제국 검사와 어떻게 아는 사이가 된 거죠? 게다가 그렇게 친근하게 이름까지 부르다니."

"…………."

"전부터 신경 쓰였어요. 언니. 이 사람과는 무슨 관계인가요?"

"…………."

꿀꺽. 앨리스가 마른침을 삼켰다.

이어서.

"아냐, 난 몰라. **이봐, 당신은 누구지**? 아, 그래. 시스벨의 호위병이구나?"

이스카에게 그런 식으로 말했다.

"네?! 어, 언니, 그게 무슨 말씀이세요?!"

"앨리스……?!"

──그냥 적당히 말을 맞춰줘!

──너도 황청의 공주님과 아는 사이로 의심받으면 곤란하잖아?

앨리스는 시스벨을 등지고 필사적인 눈빛으로 그렇게 호소했다.

이것은 그들 모두에게 사활 문제나 마찬가지였다.

이스카는 빙화의 마녀와의 관계를 사령부에 들키면 또다시 감옥에 갇힐 테고.

앨리스는 제국 병사와의 관계를 왕가에 들키면 입장이 위태로워진다.

서로 비밀을 지켜야 한다.

"어때, 내 말이 맞지?"

"……마, 맞아! 나도 당신이 누군지 몰라. 아, 아하하……."

"언니, 이제 와서 그런 거짓말은 하지 말아주세요."

시스벨이 차가운 어조로 말했다.

"앨리스 언니. 좀 전에 틀림없이 『이스카』라는 이름을 불렀잖아요."

"시스벨, 네가 그렇게 부르는 것을 들었을 뿐이야. 게다가 위급한 상황이었잖아. 이 검사를 너의 호위병이라고 생각해서 말을 건 것도 자연스러운 일이지 않아?"

"……시치미를 떼시는군요."

"어머나? 무슨 소리니?"

싸늘한 표정을 짓는 여동생과 시치미를 뚝 떼는 언니.

이스카가 지켜보는 가운데.

"네, 알았어요. 그럼 언니는 이 사람을 모른단 말이죠."

"맞아. 아주 완벽하게 하나도 몰라."

"좋아요, 잘됐네요."

"……뭐라고?"

"들었죠? 이스카."

시스벨 왕녀가 의기양양한 미소를 지었다.

앨리스가 그 미소의 의미를 몰라 당황하는 사이에, 사랑스러운 소녀는 순식간에 이스카의 코앞으로 다가왔다.

"방금 그 전투를 통해 확신했습니다. 이스카. 역시 저의 생각이 옳았어요."

이스카의 손을 잡더니.

황청의 공주님은 촉촉하게 젖은 눈동자로 그를 쳐다보면서 선언했다.

"저는 당신을 제 부하로 삼을 때까지 포기하지 않을 겁니다. 반드시 당신을 저의 부하로 만들 거예요. 차기 여왕 시스벨 루

네뷸리스 9세의 이름을 걸고!"

"앗, 잠깐만————————?!"

앨리스의 절규.

언니는 이스카 앞을 재빨리 가로막으면서 억지로 그와 동생을 떨어뜨려놓았다.

"시, 시시, 시스벨…… 도대체 무슨 소리를 하는 거야?!"

"언니와는 상관없는 일이에요."

시스벨은 득의양양하게 대꾸했다.

"이스카는 제 부하가 될 거예요."

"웃기지 마. 이스카는 나의 라이벌이야! 그렇지? 맞지!"

"……아니, 앨리스. 네가 먼저 모르는 척하자고 하지 않았어?"

앨리스와 시스벨.

두 마녀 공주 사이에 끼어버린 이스카. 도대체 뭘 어떻게 대답하면 좋을까.

"이스카 오빠!"

그때 어두운 아스팔트 저 너머에서 네네의 목소리가 들려왔다.

동시에 여러 사람의 발소리도 났다.

진과 미스미스 대장일 것이다.

……큰일 났다!!

……이 장면을 들키면 이번에야말로 내가 동료들에게 의심받을 것이다!

아직도 서로 노려보고 있는 앨리스와 시스벨.

이스카는 미련 없이 등을 돌렸다.

"저기요, 두 분. 미안한데 난 이만 가볼게. 동료들이 나를 찾고 있어서."

"헉?! 이스카, 잠깐만!"

"이스카. 저는 포기하지 않을 거예요! 결단코!"

자매의 목소리를 피해 도망치듯이.

이스카는 전속력으로 그곳을 떠났다.

Intermission
『힘의 대가』

the War ends the world /
raises the world

마녀의 낙원.

네뷸리스 황청 제8주 리스바텐——황청 국경에 자리 잡고 중립
도시와도 활발하게 교류하고 있는 이 지역은 수많은 세계적인 문
호가 탄생한 곳으로도 유명했다.

아름답게 정비된 길거리와 평화로운 행인들.

구름 하나 없는 푸른 하늘——.

광장 카페의 테라스 좌석에서는 많은 여성들이 오후 한때를 만
끽하고 있었다.

그런데 그 카페가 지금은 술렁거리고 있었다.

거의 만석에 가까운 테라스에 나타난 남자. 그가 눈이 번쩍 뜨
일 정도로 굉장한 미남이었기 때문이다.

"_____."

그는 길거리에 면한 좌석에 말없이 앉았다.

늠름하고 이목구비가 뚜렷한 하얀 얼굴. 날카로운 눈빛. 굳게
다물린 입술은 그 누구 앞에서도 흔들리지 않는 절대적 위엄으로
가득 차 있었다.

유난히 큰 키와 잘 단련된 근육질 몸매. 벌거벗은 상반신에 코

트 하나만 걸친 모습.

——마치 연극의 한 장면 같았다.

단지 테라스 좌석에 앉았을 뿐인데. 그 남자의 당당한 태도는 어린 소녀부터 귀부인에 이르기까지 모든 여성의 시선을 사로잡을 정도로 매력적이었다.

"소, 손님…… 무엇을 주문하시겠어요……?"

"_____."

웨이트리스 소녀가 얼굴을 붉히며 질문했다. 그러자 그 남자는 묵묵히 메뉴를 가리켰다.

"네, 당장 가져오겠습니다!"

가게 안으로 뛰어 들어가는 웨이트리스에게는 눈길도 주지 않고.

백발 미장부는 열 장이 넘는 리포트 용지를 꺼냈다. 난해한 전문용어로 기록된 그 내용을 가만히 살펴보았다.

이윽고.

"……불쾌하군."

그는 나지막하고 박력 있는 목소리로 중얼거렸다.

샐린저.

30년 전 선대 여왕에게 도전하여 왕궁에 홀로 침입한다는 전대미문의 사건을 일으킨 「초월」의 마인. 나이만 따지면 쉰 살이 넘은 노인이어야 할 텐데, 그 육체도 미모도 투지도 약해지기는커녕 전성기를 누리고 있었다.

아니, 실은 지금도 성장 도중이었다.

"오, 오래 기다리셨습니다!"

"…………."

커피와 수플레 팬케이크 세트. 웨이트리스가 그 음식을 가져오자, 샐린저는 대금과 팁을 거의 던지다시피 건네준 뒤.

"천제 융메룽겐. 괴물 같은 자식."

짜증 섞인 말투로 중얼거렸다.

"오랜만에 내 눈앞에 나타나서 이런 기록이나 주고 가다니. 도대체 무슨 생각을 하는 거지?"

리포트 용지.

제국의 「어느 연구 기관」이 발행한 1급 중요 기밀문서. 시설 바깥으로 가지고 나가는 것 자체가 금지된 자료였다.

그러나 제국의 상징은——.

제국의 최고 권력자인 천제 융메룽겐은 예외였다.

"실험 결과——

선천적으로 ■■을 가지고 있는 마녀에게 희석한 ■■■■■를 투여해서 일주일 후 ■■의 확대를 확인. **순혈종『E 피험자』**에 대한 투여 결과, 긍정적 반응이 나타남."

"E 피험자. 그런 이름의 후보자는 두 명인가."

왕궁에 숨어 있는 시조의 혈맥.

그것과 관련된 인물들의 이름과 얼굴을 떠올리고 나서.

"어차피 내 알 바 아니지만."

샐린저는 리포트를 확 구겼다.

손바닥 안에서 불타버린 리포트는 재가 되어 바람에 실려 날아가 버렸다. 그 광경을 아무 감흥도 없이 멍하니 바라보다가.

"……흐음?"

백발 미장부는 문득 자기 옆에 있는 어린 소녀의 존재를 눈치챘다.

물끄러미.

그 소녀가 눈 한 번 깜빡이지 않고 쳐다보는 대상은 자신이 아니라 테이블 위에 놓인 수플레 팬케이크였다. 갓 구운 팬케이크의 달콤한 향기를 맡고 왔나 보다.

"꼬마야. 무슨 볼일이냐."

"오빠, 그거 안 먹어? 안 먹을 거면 나 줘, 응?"

너무나 솔직하고 무뚝뚝한 부탁이었다.

어려서 그런 것이다. 아마 좀 더 나이를 먹었으면 애교 있는 미소를 지으며 친근한 목소리로 부탁하는 방법도 배웠을 텐데.

"꼬마야. 너에게 해줄 말이 두 가지 있다."

마인이 어이없다는 듯이 대꾸했다.

"첫째. 나는 그런 가벼운 호칭은 좋아하지 않는다. 둘째. 이것은 내가 돈 내고 구입한 물건이니까 거저 달라고 하지 마라. 이 세상에 대가 없이 얻을 수 있는 것은 없어."

"…………."

고개 숙이는 소녀.

"꼬마야. 애초에 너는 돈을 가지고 있지 않느냐?"

소녀는 끈으로 연결된 동전지갑을 목에 걸고 있었다.

따라서 무일푼이 아닐 것이다. 그렇게 생각했는데.

"이 안에 돈은 없어."

"뭐라고?"

"조약돌. 강가에서 주워온 거야."

어린 소녀가 동전지갑을 거꾸로 들었다.

이봐, 내 식탁에 대고 함부로 그러지 마라——.

샐린저가 그렇게 말리려고 했지만, 그보다 먼저 쏟아져 나온 조그만 돌멩이들이 커피 잔 주위에 흩어졌다. 전부 다 연한 빛깔 이었고 줄무늬가 그려져 있었다.

"오닉스인가. 그다지 귀한 것은 아니군."

샐린저는 그중 하나.

가장 작고 동글동글한 놈을 무심하게 집어 들었다.

"앗! 안 돼. 그건 내——."

"이것으로 족해."

"……응?"

"이것이 대가다. 단, 다음에는 좀 더 예쁜 돌을 찾아두도록."

샐린저는 입만 딱 벌리고 있는 소녀를 내버려두고 그 자리를 떠났다. 갓 구운 수플레 팬케이크를 고스란히 테이블 위에 남겨 놓은 채.

"그러나. 밀라베어. 네가 치러야 할 대가는 이렇게 값싸지 않을 것이다."

초월의 마인은 씹어뱉듯이 말을 이었다.

"너의 행운은 여왕 자리를 차지한 것. 너의 불행은 여왕 자리를 차지한 것의 진정한 대가가 무엇인지 모른다는 것."

어둡고 좁은 길.

햇빛이 들지 않는 뒷골목으로 이어지는 길을 똑바로 걸어갔다.

"얼마 안 남은 왕권을 마음껏 즐기도록 해라. 시조의 혈통…… 진정한 괴물이 곧 네놈의 목을 물어뜯을 테니."

마인은 전진한다.

중앙주. 네뷸리스 왕가의 성을 향해——.

Epilogue
『누구의 것인가?』

the War ends the world /
raises the world

1

"딱 15분만이야. 더 오래 걸리면 내 동료들이 의심할 거야."

"알았어."

독립국가 알사미라──.

그곳의 대형 쇼핑몰에 마련되어 있는 휴게실 한구석에서 이스카는 앨리스와 함께 하나의 벤치에 나란히 앉아 있었다.

주변 사람들 눈에는 애인처럼 보일지도 모른다. 그러나 당사자인 두 사람의 표정은 깊은 근심에 싸여 있었다.

"……아까 그 이야기. 확인차 다시 한 번 물어볼게."

어깨가 닿을 정도로 가까이 있는 앨리스.

비단실처럼 부드러운 금빛 머리카락이 이스카의 어깨 위에서도 살랑거렸다. 그 낯선 감촉이 묘하게 간질간질한 느낌이 들었다.

……안 돼. 집중하자.

……지금은 내 인생이 걸린 이야기를 하고 있잖아.

앨리스의 옆얼굴을 일부러 보지 않으려고 노력하면서 말을 이었다.

"1년 전 나에 관한 기사가 실린 정보지가. 시스벨의 방에 숨겨져 있었다고?"

"응. 그 애는 우리의 관계를 의심하고 있는 거야. 왕녀인 내가 제국과 손잡았다. 그런 식으로 의심하는 게 틀림없어."

손잡은 것이 아니었다.

만약 이곳이 독립국가가 아니라 전장이었다면, 이스카와 앨리스는 군말 없이 전력을 다해 싸우기 시작했을 것이다.

그것이 숙명.

두 사람의 관계는 적이자 라이벌이다. 친하게 지낼 마음은 없다.

"……그런데 어째서일까. 너와는 꼭 이런 장소에서 만나게 되는구나."

"……그건 내가 할 말이야."

자국을 배신한 적은 없다. 우리는 진심으로 자국을 위해 싸우고 있다.

누가 그걸 의심하다니. 정말 너무한 이야기다.

"그래서 다짐을 받으러 왔어. 황청 사람 앞에서는 우리는 서로 모르는 척해야 해. 시스벨 앞에서도 그렇고."

"시스벨은 이미 엄청나게 의심하는 것 같던데."

"그래도 딱 잡아떼야 해. 중립도시 에인에서 있었던 일을 들키는 게 가장 위험해. 그건 너나 나나 마찬가지잖아?"

"……알았어. 그런데 하나만 물어봐도 돼?"

"응."

"앨리스. 그 아이는 네 동생 아니야?"

친자매니까. 앨리스와 이스카 사이에 있었던 일도 솔직히 이야기할 수 있지 않을까.

이스카는 그게 의문이었다.

"맞아, 내 동생이야. 하지만……."

"하지만?"

"여왕이 될 수 있는 사람은 딱 한 명뿐이야."

"!"

"실은 나도 고민이야. 어젯밤에 나는 정신없이 그 아이를 찾으러 뛰어다녔어. 하지만 그것 때문에 순간적으로…… 후회할 뻔했어. 내가 왜 도와줬을까? 도와주지 않았으면 여왕 후보가 한 명 줄어들었을 텐데."

앨리스의 눈동자 속에 떠오른 슬픔의 빛.

그 감정이 이스카의 눈앞에서 분노로 변했다.

"부끄러워. 한순간이라도 그런 생각을 해버린 나 자신이 한심해. 그게 아니잖아? 여왕이라는 지위는 그런 치사한 수를 써서 얻는 게 아니야. 무릇 여왕은 민중도 왕가도 모두 다 납득하고 잘 따를 수 있는 존재여야━━━━━……아…………."

빠르게 말하던 왕녀가 퍼뜩 정신을 차렸다.

부끄러운지 이스카의 시선을 피하면서 중얼거렸다.

"미, 미안해. 제국 병사인 너에게 이런 말을 해봤자 소용없는데⋯⋯."

앨리스는 자리에서 일어났다.

그리고 여전히 벤치에 앉아 있는 이스카를 내려다봤다.

"이건 거래야. ⋯⋯아마 그럴 기회는 거의 없을 테지만, 우리의 관계를 남에게 밝히지 말아줬으면 좋겠어."

"성령 부대에 붙잡혀서 고문당해도?"

"당연하지. 그 대신──."

금발 머리 소녀가 허리를 숙였다.

그렇게 이스카와 눈높이를 맞추고.

"그 대신, 나도 너의 중요한 비밀을 하나 숨겨줄게."

"그게 뭔데?"

중요한 비밀?

이스카 입장에서는 자신과 앨리스와의 접점보다 더 중요한 비밀은 없을 것 같았다. 그런데 당사자인 앨리스가 또 다른 비밀을 제시하다니. 그런 게 있나?

"너희 부대 대장님이 마녀가 되었잖아. 그렇지?"

"⋯⋯!"

벌떡 일어날 뻔했다.

"볼텍스에 떨어졌을 때. 성문이 생긴 위치도 알아. 왼쪽 어깨."

"⋯⋯그런 것까지 알아?!"

도대체 언제 어디서 그 정보를 입수한 걸까.

아니, 앨리스는「마녀의 낙원」의 왕녀다. 제국 사람인 자신보다 성령에 관해서는 훨씬 더 민감할 것이다.

……굳이 「마녀」라는 단어를 쓴 이유는.

……제국이 그 사실을 안다면 어떻게 될까? 하고 경고하려는 의도일지도 모른다.

제국군 대장이 마녀로 변했다.

그 비밀이 누설되면 제907부대는 붕괴될 것이다.

"이제 알았지? 나도 너도 서로의 비밀을 알고 있어."

"……그래, 알았어."

이스카는 어깨를 으쓱했다.

"지금 이 이야기까지 포함해서 전부 다 우리 둘만의 비밀로 하자."

"응, 그래. 서로 비밀을 지키자. ……후후, 좀 두근거리네. 어쩐지 대등한 관계란 느낌이 들어서 좋아."

"왜 그렇게 기뻐하는 거야?"

"기, 기뻐한 적 없거든?! 뭐야, 실례잖아! 나는 진지하게 이야기했는데!"

앨리스는 가볍게 앞머리를 쓸어 넘기고 헛기침을 했다.

"난 이제 시스벨과 대화를 좀 해봐야 해. 그럼 이만——."

"응. **나중에 어디선가 또 보자.**"

마녀 공주가 몸을 돌렸다.

걸을 때마다 금빛 머리카락이 가볍게 춤을 췄다. 그 우아한 뒷모습을 지켜보고 나서.

"나도 가야지. 대장님이 기다리고 계실 테니까."

이스카도 그곳을 떠났다.

"……고민이네. 이 나라에 계속 머물러도 되나? 아니면 이동하는 게 나을까?"

2

이스카와 헤어진 쇼핑몰──.

입구 밖으로 한 발짝 나와서.

"휴, 바깥은 덥구나. 양산을 가져올걸 그랬나……."

앨리스는 눈을 가늘게 떴다. 머리 위에서 햇볕이 쨍쨍 내리쬐고 있었다.

사막의 관광지 알사미라. 어제 한밤중의 날씨와는 전혀 달랐다. 한낮은 그야말로 푹푹 찌는 뜨거운 기후였다.

"앨리스 언니."

그런데 그때.

누군가가 챙이 넓은 귀여운 모자를 쓰고 다가왔다. 친동생 시스벨이었다.

"어머, 그 모자는 뭐니?"

"좀 전에 샀어요. 변장을 하고 싶어서요."

동생은 챙 넓은 모자를 깊이 눌러쓰면서 대답했다.

"가면 경이 너를 찾고 있으니까?"

"——————."

시스벨은 대답하지 않았다.

예나 지금이나 똑같았다. 드디어 왕궁 밖으로 나와서 시스벨도 다소나마 개방적으로 변할지도 모른다고 생각했는데, 중요한 순간에 입을 다무는 버릇은 여전했다.

……그래도 하나의 의문은 해결됐다.

……어젯밤에 시스벨이 딱 한 가지는 가르쳐줬으니까.

1년 전 마녀 탈옥 사건——.

그때 이스카가 구해준 마녀가 바로 시스벨이었다고 한다. 그 사건에 관한 정보지를 몰래 가지고 있었던 것은 그 제국 병사가 누구인지 조사했기 때문이란다.

앨리스와 이스카의 관계를 의심한 것이 아니었다.

그런데——.

앨리스는「시스벨이 제국에 붙잡혔다」는 이 엄청난 사건에 관한 이야기를 왕궁 내에서 들어본 적이 없었다.

누군가가 정보를 통제한 걸까?

시스벨은 평소에도 방에 틀어박혀서 나오지 않으니까. 방 안에서 사라져도 왕궁 사람들로선 알아챌 방도가 없었다.

……어마마마는 알고 계셨을까?

……아니, 그런 위험한 사건이 발생한 줄 아셨더라면 시스벨을 이 나라에 혼자 보내진 않았을 것이다.

그보다도 근본적인 문제가 있었다.

제국이 무슨 수로 시스벨을 붙잡았을까?

왕궁에 있었던 시스벨이 제국의 감옥에 갇히다니. 시스벨이 황청 밖으로 나가서 제국령으로 들어가지 않는 한, 그런 일이 발생할 리는 없었다.

게다가 이번 사건도 문제였다.

제국은 순혈종이 이 나라에 있다는 사실을 어떻게 알았을까?

"시스벨. 너에게 물어보고 싶은 게 있는데."

"언니."

시스벨은 담담하게 대꾸했다.

"어젯밤에 호텔에서 말씀드렸잖아요. 저는 1년 전에 실수로 제국에 붙잡혔습니다. 그리고 탈옥할 때 그의 도움을 받았습니다."

"그래, 그 이야기는 들었어. 하지만——."

"제가 해드릴 수 있는 이야기는 그게 전부입니다."

"앗?! 시스벨, 잠깐만! 기다려봐!"

"저는 바빠요. 어마마마께서 맡기신 임무가 있으니까요. 언니, 먼저 황청으로 돌아가주세요. 그 악명 높은 마인 샐린저도 아직 체포되지 않았다면서요. 어서 성으로 돌아가셔야 할 것 같은데요."

"……윽?!"

뭐야, 내 동생인데 너무 쌀쌀맞은 거 아냐?

어제 이스카의 손을 잡고 "저의 부하가 되어주세요——" 하고 부탁할 때에는 그토록 반짝반짝 눈을 빛냈으면서.

이러면 마치.

마치 친언니인 나보다도 제국 병사와 더 친한 것 같잖아.

"시스벨, 나중에 왕궁에 돌아가면 꼬치꼬치 다 캐물을 거야. 각오해!"

"네, 그러세요. 갑시다. 슈바르츠."

시스벨은 시종인 노신사를 데리고 빠르게 인파 속으로 들어갔다.

그 모습이 사라진 후.

"……어마마마께 뭐라고 말씀드리면 좋을까."

앨리스는 남몰래 한숨을 쉬었다.

━━━━━━

빠른 걸음으로 쇼핑몰을 뒤로했다.

"아가씨, 정말로 괜찮으시겠어요? 앨리스 님께 그런 식으로 대답하셔도……."

"괜찮아요."

옆에서 시종이 묻자, 시스벨은 단호하게 고개를 흔들었다.

"앨리스 님은 혼자 타국에 오신 아가씨가 걱정되어서 상황을 보러 오신 것 같던데요."

"네. 그렇다고 하더군요."

앨리스는 오브젝트가 자폭하기 직전에 자신을 구해줬다. 그건 사실이었다.

그러나 의혹은 아직 해소되지 않았다.

"가면 경?! 다, 당신이 왜 여기에……."
"휴가를 즐기러 왔지."

자신이 이곳에 파견된 것은 루 가문밖에 모르는 사실이다.
……가면 경, 시치미를 떼도 소용없어요.
……앨리스 언니와 일리티아 언니. 둘 중 누가 당신에게 밀고한 거죠?!
아마 그 인물이 밀고해서 제국군의 오브젝트도 출동하게 된 것이리라.
언니들 둘 중 누군가가 밀고자.
자국을 저버린 배신자이자, 「그 괴물」의 동료임이 틀림없다. 어마마마를 해치고 황청의 정점에 군림하려고 하는 반역자다.
"슈바르츠, 난 아직 앨리스 언니를 의심하고 있습니다."
앨리스 언니가 이 나라를 방문한 진짜 목적——.
그것은 가면 경과 몰래 손잡고 힘을 합쳐서 시스벨을 함정에 빠뜨리기 위해서가 아닐까?
……그런데 그 계획은 이스카 때문에 실패했다.
……그래서 언니는 작전을 변경해서 나를 도와주는 척한 게 아닐까?
시스벨은 그것을 경계했다.

아직은 앨리스 언니를 믿을 수 없었다.

"슈바르츠. 저는 이번 일로 통감했습니다. 저에게는 역시 호위병이 필요해요. 전력이 되어줄 부하가."

"네, 저도 동의합니다."

"결심했어요. 역시 이스카——."

말없이 손을 꽉 쥐었다.

어젯밤 시스벨이 잡았던 그의 손은 따뜻했다.

"절대로 포기하지 않을 거예요. 당신이 필요합니다. 다행히 저는 당신에게 도움을 줄 수 있으니까요."

시스벨은 가슴에 손을 댔다.

자신의 성문.

지금은 가슴팍이 훤히 드러난 원피스를 입고 있지만, 아마 아무도 시스벨의 성문을 알아보지는 못할 것이다. 교묘하게 살색 밴드를 붙여 숨겨놨으므로. 성문의 빛뿐만 아니라 성령 에너지도 차단하는 특수한 피막이었다.

제국이 아직 개발하지 못한 신소재다. 제국 사람에게는 필요 없는 물건이지만.

"당신네 대장님에게는 이게 필요할 테지요?"

이것은 비밀스런 관계——.

제국 검사 이스카와 마녀를 이어주는 「또 하나의 숙명」이 태어나려 하고 있었다.

Continued
『Elletear』

the War ends the world /
raises the world

네뷸리스 왕궁 「여왕의 방」.

맑은 빛이 창문의 레이스커튼을 통과해 넓은 홀을 비추었다. 싱싱한 관엽식물과 햇빛, 포도주색 융단으로 장식된 성스러운 공간——.

또각…….

작은 발소리가 나더니, 아름다운 공주님이 단아한 걸음걸이로 걸어 들어왔다.

"여왕 폐하. 안녕하십니까."

"안녕하세요. 일리티아."

여왕의 방.

스무 개의 계단 위에 서 있는 밀라베어 여왕이 사랑하는 딸을 돌아봤다.

세 자매 중 장녀인 일리티아를.

"긴 여행을 마치고 돌아온 직후인데 이렇게 아침 일찍 불러서 미안하군요."

"돌아온 지 벌써 며칠이 지났는걸요. 보다시피 저는 건강합니다."

생글생글 웃으며 답하는 장녀.

그러다 갑자기 뭔가 깨달은 것처럼 여왕의 방 안을 둘러봤다.

"그런데, 여왕 폐하? 있어야 할 사람들이 없네요."

"호위병과 신하들에게는 자리를 비켜 달라고 했습니다. 당신과 단둘이 대화하고 싶어서."

"어머, 무슨 일이신가요?"

미소 짓는 장녀를 향해.

"묻고 싶은 것이 두 가지 있습니다."

"뭐든지 물어보세요."

"시스벨의 행선지를 외부에 알린 사람은 당신입니까?"

미소를 지은 채.

일리티아는 얼어붙은 것처럼 동작을 멈췄다.

밀라베어 여왕은 침묵했다. 계단 밑에 서 있는 딸을 평소와 달리 냉정한 눈빛으로 내려다보면서 말을 이었다.

"하나 더 묻겠습니다."

장녀는 아무 말도 하지 않았다.

여왕은 개의치 않고 담담하게 질문을 계속했다.

"당신은 진짜 일리티아입니까?"

"_____."

고요한 홀.

여왕의 목소리가 차갑게 메아리치다가 이윽고 조용해졌을 무렵.

제1왕녀 일리티아의 요염한 웃음소리가 울려 퍼졌다.

후기

소녀는 위대한 별의 과거를 본다.

이제 제3왕녀 시스벨도 참전했습니다.

1권부터 이 소녀를 기억해주셨던 분들, 그리고 다시 등장하기를 기대해주신 분들. '이제야 겨우 등장했구나!'라고 생각하셨나요? 사실 이 소녀는 1권 초반부터 등장 기회를 노리고 있었거든요. 앞으로도 응원해주시면 좋겠습니다.

네, 안녕하세요.

이 작품『너와 나의 최후의 전장, 혹은 세계가 시작되는 성전』(너와 나의 전장) 제4권을 읽어주셔서 감사합니다!

4권의 주제는「비밀스런 관계」입니다.

별의 운명에 의해 마주친 이스카와 앨리스, 또 마찬가지로 1권에서부터 인연을 맺은 이스카와 시스벨의 관계가 나란히 진행되기 시작했습니다. 둘 다 공공연하게 드러낼 수 없는 비밀스런 관계인데요. 앞으로 어떻게 될지 기대해주시길 바랍니다. 그리고 다음 권은요.

· 시스벨, 접근(이스카 시점에서 볼 때).

· 앨리스, 폭발(이스카 시점에서 볼 때).

· 제1차 자매 전쟁, 발발.

이렇게 세 가지 스토리로 구성해볼까 하는데, 아직은 플롯 단계이기 때문에 실제로는 어떻게 될지 모릅니다. 5권이 나오면 직접 확인해주세요.

그럼 여기서부터 기쁜 소식을 전하겠습니다.

작년 봄에 시작된『너와 나의 전장』이란 작품이 많은 분들의 성원에 힘입어 올해는 더 크게 발전하게 되었습니다.

오디오 드라마 제작, 만화화, 드래곤 매거진 연재. 이렇게 세 가지 프로젝트가 결정됐습니다!

우선 오디오 드라마 제작 소식!

제가 새로 쓴 시나리오 단편에 맞춰서 프로 성우 분들께서 이스카와 앨리스의 목소리를 연기해주셨습니다.

이스카 역은 코바야시 유스케 님, 앨리스 역은 아마미야 소라 님이 맡으셨는데요.

두 분 다 실력파 성우이십니다. 녹음 현장은 저도 견학해봤는데요. 두 분의 연기가 캐릭터와 잘 맞아떨어져서 무척 신나고 재미있는 오디오 드라마가 완성됐습니다. 무료 공개이므로 여러분도 한번 들어봐 주세요.

판타지아 문고 공식 홈페이지의『너와 나의 전장』페이지에서 공개 중입니다.

그리고 만화화 소식!

『영 애니멀』이라는 잡지의 5월 11일 발간호에서부터 만화가 연재될 예정입니다!

작화는 만화가 okama 선생님께서 맡아주셨습니다.

캐릭터들은 귀엽게 변신했고요. 제국의 빌딩숲과 제국령 외부의 황야 등 세세한 배경 하나하나도 섬세하게 묘사되었습니다. 또 작중 회화도 만화판 특유의 장면이 추가됐거든요. 원작자인 저까지 설레게 만드는 멋진 만화가 탄생할 것 같습니다.

5월부터 연재 개시됩니다. 연재 및 단행본 발매를 즐겁게 기다려주세요.

그리고 마지막 소식. 드래곤 매거진 연재가 결정됐습니다!

5월 발간호에서부터 『너와 나의 전장』 단편 연재가 시작됩니다. 평소의 장편에서는 보여드릴 수 없었던 「캐릭터들의 뜻밖의 일면」이 드러나는 재밌는 단편을 많이 써보고 싶습니다.

단편 연재도 열심히 할게요!

지금까지 미디어믹스를 포함한 세 가지 새 소식을 알려드렸습니다.

여기서 다시 한 번——.

응원해주시는 모든 분들께 감사 인사를 드립니다.

그리고 일러스트레이터인 네코나베 아오 선생님, 담당자이신 K 편집자님.

이번에도 신세를 많이 졌습니다. 표지의 시스벨이 정말로 귀엽더라고요. 앞으로 시스벨의 활약도 본편에서 마음껏 그려내고 싶습니다.

다음 권인 5권은 여름에 발매될 예정입니다.

시스벨과 앨리스의 자매 전쟁 스토리(?)……인지는 그때 직접 확인해주세요.

그리고 여름까지는 시간이 좀 남아 있으니까요. 그동안 즐기실 만한 저의 또 다른 시리즈를 소개해보겠습니다.

● MF 문고 J

『어째서 아무도 나의 세계를 기억하지 못하는 걸까?』

세계에서 잊혀버린 소년의 영웅담.

한 소년이 천사나 악마나 환수 같은 강대한 이종족들에게 도전함으로써 이「개찬된」세계에서 올바른 역사를 되찾는 이야기.

이제 막 3권이 나온 새 시리즈인데요. 이 작품도 순조롭게 진행되고 있습니다.

놀랍게도『너와 나의 전장』과 마찬가지로 이것도 만화화&게임화가 결정되어서요. KADOKAWA의 월간 코믹 얼라이브에서 벌써 만화 연재가 시작됐습니다.

한창 재미있을 때이니, 이『어째서 나』도 서점에서 꼭 한번 체크해주시길 바랄게요!

이제 페이지가 얼마 남지 않았네요.

검사 이스카와 마녀 공주 앨리스의 이야기——.

격렬하게 충돌하면서도 서로에게 끌리는 이 두 사람이 어떤 별의 운명을 경험하게 될지.

새로운 마녀 시스벨도 드디어 참전했고, 네뷸리스 왕궁에서도 큰일이 일어나고 있죠. 이야기는 점점 더 흥미로워질 예정입니다.

그럼 다음에 또 만나요.
6월 25일에 발매되는 『어째서 나』 4권(MF 문고 J).
그리고 여름에 발매되는 『너와 나의 전장』 5권.
양쪽 모두에서 다시 만나길 기대하겠습니다.

봄기운이 느껴지는 시기에, 사자네 케이

http://twitter.com/sazanek
※ 트위터에 수시로 간행 정보 등을 올립니다.

"이제 이스카와 저는 일심동체예요."
"네가 내 동생이 아니었으면 진심으로 결투를 신청했을 거야……."

시스벨이 제시한 교환조건에 의해, 시스벨의 호위병으로서
어쩔 수 없이 다시 황청에 들어가는 이스카.
시스벨 옆에 있는 이스카의 모습을 목격한 앨리스리제는
마음이 몹시 복잡해진다.
그러나 각자의 목적 때문에 서로 남남인 척할 수밖에 없는데──.

지고의 마녀와 최강의 검사의 무도, 제5막.
서로 견제하는 자매를 향해,
콘클라베에 숨어 있는 「시조의 혈통」이 사납게 이를 드러낸다.

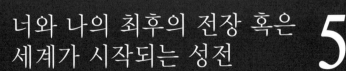

너와 나의 최후의 전장 혹은
세계가 시작되는 성전 5

KIMI TO BOKU NO SAIGO NO SENJO, ARUIWA SEKAI GA HAJIMARU SEISEN 4
©Kei Sazane, Ao Nekonabe 2018
First published in Japan in 2018 by KADOKAWA CORPORATION, Tokyo.
Korean translation rights arranged with KADOKAWA CORPORATION, Tokyo.

너와 나의 최후의 전장, 혹은 세계가 시작되는 성전 4

2018년 12월 1일 1판 1쇄 발행
2020년 8월 15일 1판 3쇄 발행

저   자 사자네 케이
일 러 스 트 네코나베 아오
옮 긴 이 한수진
발 행 인 유재옥
본 부 장 조병권
담당편집자 조찬희
편 집 1 팀 김민지 정영길 조찬희
편 집 2 팀 김다솜 이본느
편 집 3 팀 김효연 김혜주 곽혜준 오준영
라이츠담당 김슬비 한주원
디 지 털 박상섭 이성호 최서윤
발 행 처 ㈜소미미디어
인쇄제작처 코리아피엔피
등   록 제2015-000008호
주   소 서울시 마포구 토정로222, 403호 (신수동, 한국출판콘텐츠센터)
판   매 ㈜소미미디어
마 케 팅 우희선 이주희 한민지
전   화 편집부 (070)4164-3962, 3963 기획실 (02)567-3388
            판매 및 마케팅 (070)4165-6888, Fax (02)322-7665

ISBN 979-11-6190-069-8 04830
ISBN 979-11-6190-511-2 (세트)